Novelas, Espelhos e um Pouco de Choro

Contos de Roteiristas sobre Televisão

Novelas, Espelhos e um Pouco de Choro

Contos de Roteiristas sobre Televisão

*Alessandro Marson • Claudio Barbuto
Dora Castellar • Lúcio Manfredi
Maria Helena Alvim • Patricia Castilho
Paulo Cursino • Renato Modesto
Renê Belmonte • Rosani Madeira
Rubens Rewald • Thelma Guedes*

Prefácio
Gilberto Braga

Ateliê Editorial

Direitos reservados e protegidos pela Lei 9.610 de 19.02.98.
É proibida a reprodução total ou parcial sem autorização,
por escrito, da editora.

Copyright © 2001 by Autores

ISBN: 85-7480-052-X

Editor
Plinio Martins Filho

Produtor Editorial
Ricardo Assis

Direitos reservados à
ATELIÊ EDITORIAL
Rua Manoel Pereira Leite, 15
06709-280 – Cotia – SP – Brasil
Telefax: (11) 4612-9666
www.atelie.com.br / atelie_editorial@uol.com.br
2001

Printed in Brazil
Foi feito o depósito legal

Sumário

Prefácio – *Gilberto Braga*..9
Apresentando os Contistas – *Flavio de Campos* 13

Prólogo

A Criação do Mundo – *Thelma Guedes* 17

Novela

Novelas, Espelhos e um Pouco de Choro – *Renê Belmonte* 27
Um Conto sobre Televisão – *Lúcio Manfredi*..............................43
Cenas – *Dora Castellar* 53
Júlia Ferraz – *Renato Modesto* 59
Autores, Espelhos e Coitos Multiplicam o Número
    de Homens – *Claudio Barbuto*...75
Lítio – *Paulo Cursino* 81
A Batata da Onda – *Patricia Castilho* 87

NOVELAS, ESPELHOS E UM POUCO DE CHORO

Catacumba – *Alessandro Marson* 91

Intervalo

Olhe-me – *Thelma Guedes* 99

Espelho

História de Amor – *Renê Belmonte* 107
A Mulher de Vidro – *Lúcio Manfredi* 109
Jura de Morte – *Dora Castellar* 111
A Fiel – *Rosani Madeira* 123
Toda Gaiola Está Esperando um Pássaro
  – *Claudio Barbuto* 129
Controle-se – *Paulo Cursino* 133
Sessão da Tarde – *Patricia Castilho* 137
Beijo Doce – *Alessandro Marson* 141
Final – *Rubens Rewald* 149

Epílogo

Reprise – *Maria Helena Alvim* 163

Sobre os Autores 165

PREFÁCIO

Gilberto Braga

Com uma tomada de eletricidade e uma antena, a televisão invade os mais remotos cantos do Brasil e neles se instala. Ameaçando de morte culturas locais ou abrindo-lhes as portas para o mundo global? Perguntas a que só o futuro poderá responder, mas eu já vou apostando na segunda alternativa. Estes contos podem fazer vocês pensarem neste assunto e vários outros de igual interesse. Li o livro não como autor de novelas, mas como o leitor de Machado, João Ubaldo ou Maupassant que sempre fui. Quer dizer, sem experiência técnica alguma e apenas a autoridade de um leigo que aprecia a literatura sem nunca ter-se por ela aventurado. Talvez tenha tido ainda mais prazer pelo fato de os contos tratarem de experiências com ou na televisão, e eu afinal de contas sou do ramo. Mas, pensando melhor, nem necessariamente tanto mais prazer assim, porque em matéria de novela boa parte do Brasil é do ramo. A turma escolhida pelo Flavio é das boas. A principal qualidade deste livro é, a meu ver, a sua unidade na diversidade. Todos os contos tratam de histórias referentes à televisão, coisas que todos nós ou vivemos, ou lemos, ou ouvimos contar, mas nos pertencem porque – de uma forma ou de outra – delas participamos. E diversos porque cada um aborda um aspecto, num estilo diferente e de um ângulo inesperado. Um momento, um detalhe, um elemento psicológico que muitas vezes nos passou despercebido, mas que, lido agora, nos parece muito vívido e muito nosso.

Nem me lembrava da primeira vez em que vi televisão até ler a descrição toda graça e leveza que um dos contos faz do momento que foi a criação do mundo para a autora, quando em seu universo cinzento de criança começaram a brilhar as cores do seu primeiro aparelho. Nem sei, na verdade, se meu próprio caminho foi dos mais difíceis na televisão, mas achei muita graça ao ver como é fácil embaralhar as coisas e perder a direção, lendo a descrição de um dos autores de seu percurso de devoto a inimigo das novelas: trocando e destrocando de alma com seus personagens; arruinando na vida real o que fazia sucesso na tela e vice-versa.

Outro conto diz, logo em seu princípio: "O problema é que eu sou péssimo pra desenvolver personagens. Antes de virar roteirista de televisão, quase todos os meus contos tinham como personagem principal um intelectual baixinho, complexado e patético, ou seja, eu..." Amostrinha grátis que me exime de falar da vivacidade do texto. Só faltando acrescentar que envolve tudo numa pontinha de filosofia e, para nós, humildes discípulos de Félix Cagnet, o pinguinho de filosofia que se puder arrebanhar já é lucro.

"A palavra é desesperançada. Concretamente desesperançada", e a partir daí ainda um outro conto vai aos poucos explicando aos futuros roteiristas deste país tão grande, ou aos já cansados, como é dura a passagem de uma cena vivida – ou pensada, sonhada – para uma cena escrita. O que um conhecido meu chama de "transubstanciação" e que só agora, depois de transubstanciar por tantos anos, compreendi por que isto exige tanto suor e tanto Lexotan...

Vou ficando por aqui para não contar o fim do filme, que fica muito melhor se vocês lerem o livro. Só uma palavra ao meu amigo Flavio: parabéns. Ainda não posso saber se você conseguiu fazer dessa turma roteiristas mas pelo menos não tocou nos contistas excelentes que eles já traziam dentro de si. Ou não os teria escolhido.

APRESENTANDO OS CONTISTAS

Flavio de Campos

Nos anos de 1997 e 1998, o chão do meu escritório aqui no Rio de Janeiro virava um mar de textos. Eram 700-800 roteiros enviados pelos candidatos às 12 vagas das oficinas de teledramaturgia que a TV Globo oferecia em São Paulo. Depois de um trabalho exaustivo, os meus assistentes e eu garimpamos os 12 de cada uma das turmas e lá estavam o Alessandro Marson, o Claudio Barbuto, a Dora Castellar, o Lúcio Manfredi, a Maria Helena Magalhães, a Patricia Castilho, o Paulo Cursino, o Renato Modesto, o Renê Belmonte, a Rosani Madeira, o Rubens Rewald e a Thelma Guedes.

Os paulistas patriotas que me perdoem, mas eu não gosto de São Paulo, pelas razões que vocês podem imaginar. E lá tinha eu de ir a São Paulo, toda segunda-feira, praguejando todas as pragas e cobras e lagartos de que era sabedor, até atravessar a soleira daquela sala para dar aula para essa turma. Ali, a inospitalidade cinzenta de São Paulo dava lugar à policromia do imaginário daquelas pessoas.

A Oficina de Roteiristas da TV Globo existe para descobrir e desenvolver talentos, para que eles trabalhem na TV Globo no dia seguinte ao término da oficina. Daí que ser professor dessa oficina significa transmitir uma técnica de narração – a escrita do roteiro para televisão -, exercitar essa técnica, e também observar e exercitar o imaginário de cada um daqueles alunos. Noutras palavras, dar aula nessa oficina é via de mão dupla: passar técnica e auscultar imaginários, a fim de encaminhar aquele roteirista para o programa com o qual o seu imaginário tenha mais afinidade.

Nas turmas que tive em São Paulo, esse trabalho de auscultação foi imensamente facilitado pela capacidade desse pessoal se agrupar segundo as cores dos seus respectivos imaginários. Assim, aconteceu o que aconteceu: uma intensa sinergia que fez com que todos e cada um desenhassem o perfil do seu imaginário com mais nitidez e vissem, para gáudio de todos e cada um, o desenvolvimento acelerado desses imaginários e das suas formas de narração.

Terminada a oficina, esse grupo continuou se encontrando e produzindo e trocando o que produziam. Agora, ele oferece a você, leitor, alguns dos desdobramentos daqueles momentos tão intensos e felizes que vivemos lá no cocuruto da Avenida Angélica, cercada de São Paulo por todos os lados.

PRÓLOGO

A Criação do Mundo

Thelma Guedes

Quem era eu naquela tarde quente de dezembro? Eu me pergunto se não estou mais ali. E me procuro numa lenta reconstrução de quem eu era naquela tarde que foi e que não termina, naquela infância em que eu sempre estive porque está em mim desde sempre. O começo do mundo.

Ela – porque não pode haver dúvidas de que é uma menina, se bem que a trança comprida e sem prumo como a de uma rapunzel despenteada é o único traço de feminilidade nela – é um corpo ágil magro e suado, são as duas bochechas rosadas, os dois pés descalços e firmes correndo em desatino. Pequena e aflita. Sempre aflita. Com medo de perder o tempo. O tempo de nada fazer, de correr e correr e correr. Só isso. De ser feliz o tempo todo. Sem perdê-lo. O tempo. Chupando o tempo como dedo doce ou como doce raro. Sugando a última gota do tempo como o sorvete que acaba logo se a gente não aproveitar. Antes que o tempo derreta. E correndo nesse tempo como um potro desembestado e feliz. Criança. Eu era. Era eu ali naquela tarde quente de dezembro carioca. E o tempo todo assim. Era eu. Ali e em todo lugar.

Mas eu cá de dentro de mim, num agora sem a aflição antiga daquela corrida livre de antes. Fugindo um pouco do tempo ou nele um pouco me deixando ir sem vontade. À sua frente às vezes e outras empurrada por ele. Eu cá de dentro no tempo pastoso do agora sem galopes e sem suores. Vejo. Estou em tudo e sei agora.

Sei da trança apertada, esticada pelo pente firme nas mãos enormes de minha avó. E puxa que puxa, puxando o cabelo pra que nem um fio fique fora da trança, fique solto. Nem um fio sequer. Os fios arregalados que abrem ainda mais os olhos da menina. Só que minha avó não sabia que os fios eram todos soltos em mim naquela época. E nada poderia prendê-los. Soltos naquele bom pasto do passado ensolarado e quente.

Era eu um potro então, pequena e trançada naquele dezembro que era de tempo inteiro pra mim, comprido como a trança que me arregalava mais.

* * *

Mas eu queria mesmo era falar aqui da criação do mundo. Contar que estava lá e que vi tudo maravilhada. Naquela tarde de dezembro em que eu corria como bicho e vento.

Porque nesse dia alguém inventou de inventar o mundo.

E o mundo antes de sua criação era muito pouca coisa, quase nada. Um abismo sem forma e vazio. Quase a escuridão. Quase o caos primevo. Era só uma voz que vinha do alto da geladeira. Às vezes, ouvia-se mais de uma voz berrada lá de cima, e também alguma cantoria e choradeira, circulando pela casa ao acaso, sem o meu domínio nem o meu interesse. Por isso é que o mundo antes da criação era somente verbo. Uma massa elementar, indiferenciada e monótona. Cheia de interferências de chiados e apitos. Um caos desengonçado e sem nenhuma graça pra uma menina aflita e sem tempo a perder como eu fui.

Mas o momento extraordinário aconteceu. Em sua infinita e divina graça aconteceu o mundo, criado finalmente por alguém da casa. Esse alguém era meu tio, um homem muito inteligente e totalmente devoto às coisas do futuro. "Um homem de vanguarda", era assim que o chamava meu pai – o único que o admirava na nossa pequena casa azul, que ficava lá em Vila Isabel e onde viviam meus pais, minha irmã, minha vó, três tias, dois tios, a doce Deusiana, que ajudava minha avó nas tarefas da casa, e eu.

Era uma tarde vermelha, eu me lembro. De vento vermelho e abafado, que ventava nuvens e poeira morna na cara da gente. E eu, que sempre tivera em meu coração e em meu olho imenso e terceiro (escondido estrategicamente sob as tranças) a estranheza e, digamos, uma certa iluminação inumana, sabia que havia na cor da tarde um prenúncio da chegada do que é Alfa e Ômega, a energia cósmica insuflada pelo espírito da criação.

Era sábado, disso tenho certeza, porque o cheiro era bom de cera. E o dia da cera na nossa casa era sempre o sábado. Então, naquela tarde de dezembro açucarada e quente, no sábado encerado da minha cosmogonia, meu tio chegou. Eu estava na calçada, me equilibrando numa perna só, enquanto pulava de quadrado em quadrado até o céu. Eu estava lá, anjo celestial e inocente, quando quase caí de susto ao ouvir o sinal, a revelação, a primeira trombeta anunciando que o Tempo estava próximo. Meu coração disparou secretamente, pressentindo que o inevitável estava para acontecer a todos nós. A grande transformação do mundo. A sua criação, definitivamente.

A rua toda, desde a primeira casa da esquina, escutou a trombeta frenética e fanhosa que se repetia interminável, na buzina da caminhonete branca, velha e descascada de meu tio. Ele trazia a boa nova, porque era o servo João, todo de branco como o anjo da anunciação. João Cleber era o meu tio por inteiro: um tipo bem alto e louro, usando óculos de aros redondos, de onde pesavam suas lentes fundo-de-garrafa. Ele era terrivelmente míope, apesar de enxergar mais longe do que o seu povo podia sonhar. Meu tio era então o apóstolo João, o servo da criação. Além de ser, é claro, o sujeito mais elegante do bairro, o bonitão do pedaço, cobiçado por todas as mocinhas da vizinhança, apesar da miopia avançada.

Ele, em triunfo, estacionou o carro diante de nossa casa, já cercado por crianças e por alguns poucos adultos curiosos. Ele sorria por inteiro, sob o chapéu panamá, dentro do terno de linho branco – última moda. Sorria um sorriso que guardava uma sabedoria. É que ele guardava no sorriso todos os mistérios do mundo, mistérios que ele trazia em sua caminhonete, naquele dia sem igual. O único ser sobre a Terra a saber tudo sobre a criação do mundo.

Magra, eu era uma garça quando ele estacionou, olhando meu tio estupefata, parada numa perna só, com a sola do meu pé assando sobre a calçada de cimento em brasa. Como uma devota entregue à devoção, eu esperava ardendo, com o pé sobre o fogo. A um passo do céu, a um passo do nível supremo do percurso tosco desenhado com giz amarelo no chão, eu esperava o que viria da visão daquele anjo branco que me anunciaria a verdade. Ele então, como sentindo o bafejo insistente de minha atenção nas suas costas, voltou seus olhos sorridentes na direção dos meus. O rosto dele parecia o sol, brilhando com toda a força.

A CRIAÇÃO DO MUNDO | 21

Aí foi que eu, Senhor, vossa humilde criança, por um segundo sublime, estive em espírito na ilha de Patmos, completamente submissa e encurralada pelo olhar macio do meu tio, ouvindo a sua voz tremenda e retumbante que me dizia: "Adivinha o que eu trouxe? Chama o povo pra ajudar a retirar aquela preciosidade do carro".

A "preciosidade" à qual meu tio se referia estava lá, em sua glória que seria eterna, sobre a caçamba da caminhonete. Lá estava ela, sagrada, em humilde manjedoura, cercada de gente admirada. Louvada não por bois ou reis, mas pelos pobres mortais da minha rua. E vi. Juro que vi a "coisa".

Ao ser abençoada pela visão do totem soberbo trazido por meu tio João, não pude entendê-lo de imediato. A que viera afinal o imponente monolito escuro? Mas eu, que ainda desconhecia a minha sina de uma escolhida, e apesar de não compreender de uma vez só o significado da coisa, percebi que a vida estava para mudar no meu mundo. Pressagiei a sua criação. O que de fato ainda não ocorrera como devia para mim.

Antes de sair voando e invadir a casa para chamar a minha gente pra rua, pulei no pescoço do meu tio e dei-lhe como agradecimento um enorme beijo molhado, que era só assim que eu sabia beijar naqueles tempos imemoriais. E beijei seu pescoço com tamanha doçura que meu tio, tão vaidoso que era – o engomado homem do amanhã –, nem se importou muito de ter sido todo amarrotado. Afinal, aquele dia era o dia da criação.

De dentro da pequena casa azul, aos poucos, foi saindo o meu clã. Um a um, ultrapassavam a soleira da nossa porta em passos lentos. Se aproximavam da coisa e fitavam-na extasiados. Altiva, sentada confortavelmente na caçamba do carro pobre de meu tio, ela era um móvel quadrado, de madeira marrom escura. E os pés "palito" davam à coisa um ar arreganhado, quase de desprezo infinito pelos seres viventes que a veneravam ali em seu altar provisório. Ou mesmo de deboche, como se ela fosse coisa vinda mais do demo do que do divino. Desconfiei daquela pose, mas já estava entusiasmada demais com as mudanças que viriam em minha vida a partir daquele momento, que fiz questão de ser mais uma esquecida. Alienei-me na coisa, inteiramente afeiçoada e submissa à sua força de sedução.

A cena silenciosa daquele primeiro contato, tão imediato e próximo, dos entes de minha família com o objeto único – mistério e decifração, esfinge da criação do que ainda viria – foi quebrada pelo entusiasmo de meu pai: "Meu Deus! João, não acredito, homem! Você disse que comprava e comprou mesmo! Deve ter sido uma fortuna!". Meu pai abraçou o Prometeu sem castigo, exaltando o feito daquele que trouxe aos mortais o tesouro sem preço, libertando todos os homens do mundo da obsessão da morte. "E o que vocês estão esperando pra trazer essa máquina do futuro para dentro de casa, pessoal?". Meu pai completou. Começaram então os trabalhos. "Cuidado que quebra!", "Vai arranhar o vidro!", "Como isso pesa!". Pouco tempo depois, a coisa entrou na nossa vida, ocupando o melhor lugar da sala. O lugar central. De onde ela seria vista e veria tudo.

"A tomada!", "Liga na tomada!, "Agora o botão da direita!", "Aperta!". Este era meu pai de novo, dando os acordes finais da instalação. Pela primeira vez, então, ela foi ligada.

A luz lunar penetrou atrevida no meu olho virgem. Eu não era mais uma menina, era uma costela viva, sendo criada à imagem dela. E não sei se era completamente bom e divino o que vi e o que me tomou para sempre. Ou se havia uma porção do mal naquele dragão azul, com seus sete chifres e seus sete diademas brilhantes. Pois tenho apenas uma vaga lembrança de minha iniciação prazerosa.

Sei que ouvi primeiro a sua voz, que parecia dizer aos meus ouvidos: "Eu sou a brisa, mensageira dos deuses, eu sou o Desejo: deixai fora daqui as preocupações do mundo!"

Sei também o que vi depois: a primeira imagem que apareceu no vidro, bem no centro da barriga do monstro, era a de um deus que se movia no céu, com sua máscara e capa resplandecentes. Era o Nationaro Kido, o primeiro homem que amei. O anjo que subia do lado onde nasce o sol, levando o sétimo selo, o selo vivo da graça.

Novela

Novelas, Espelhos e um Pouco de Choro

Renê Belmonte

Odeio novela. Não posso, não consigo assistir mais nenhuma. Aliás, quase não vejo mais televisão: o simples ato de sentar diante da telinha me lembra novela, e isso me irrita profundamente. É verdade que, tirando novela, não sobra mais nada de interessante para assistir. Noticiário? Faça-me o favor. Os enlatados americanos? Nunca gostei. Não, não. Quando assistia tevê, o que assistia era novela, e agora não suporto mais.

Nem sempre foi assim. Eu adorava novela. Muito, desde pequenininho. Não perdia nenhuma. Costumava assistir com a minha mãe – Deus a tenha – e assistia todas, desde a das seis horas da tarde até a novela das dez. Isso quando ainda tinha novela das dez. Aí acabou e passei a assistir apenas às três novelas do dia. Na hora do jornal, nós jantávamos e conversávamos sobre o que tínhamos acabado de assistir. Eu e minha mãe. Meu pai fazia cara feia, dizia que novela era coisa de mulher, falava que devia jogar mais bola e assistir menos televisão. Me mostrava seus discos de chorinho, a única coisa que tínhamos em comum, me contava histórias sobre seu pai, que fora amigo de Pixinguinha. Mas ele também não perdia a novela das oito. Dizia que era uma bobagem, que só sentava com a gente para ficar um pouco com a família, mas sei que ele adorava. Ficava tentando adivinhar quem tinha matado quem, quem ia ficar com quem no último capítulo. Era pura encenação dele. Tenho certeza de que, se chegasse mais cedo do trabalho, assistiria as outras também.

Naquela época, todo mundo assistia novela.

Eu acompanhava cada traminha, cada romance, cada intriga, com a voracidade de uma criança numa loja de doces. O primeiro e o último mês de cada novela eram sempre a época mais feliz de minha vida. Sempre que alguém perdia um capítulo podia me perguntar, sempre sabia tudo que estava acontecendo. Sempre sabia o que ia acontecer, também, porque minha mãe comprava revistas especializadas que eu lia de cabo a rabo. As trilhas sonoras, tinha todas. Eu sabia tudo o que estava acontendo nas novelas que estavam no ar, lembrava cada detalhe das novelas mais antigas. Era como uma enciclopédia viva de novelas. Minha mãe brincava: ainda vou te levar num desses programas de perguntas. Só que meu pai achava que era demais. Dizia que eu ficaria marcado como o menino das novelas. Sei que, no fundo, ele se orgulhava de mim. Que Deus o tenha, também.

Quando completei dezoito anos e fiz um teste vocacional na escola, a orientadora perguntou o que eu queria fazer da vida. Escrever novela, foi a resposta. Óbvia. Isso era a única coisa que eu conhecia de fato, que eu achava que poderia fazer na vida. Já não me contentava mais em assistir, eu ficava imaginando histórias com aqueles personagens, tramando tramas, como viria a descobrir mais tarde. Eu assistia o capítulo do dia

NOVELAS, ESPELHOS E UM POUCO DE CHORO | 29

e dizia – vai acontecer isso, isso e isso. E na maioria das vezes acertava. Quando não, ficava maravilhado com a imaginação do autor. Como não havia pensado nisso? Claro que, outras vezes, ficava bravo: minha solução era muito melhor. Se fosse eu escrevendo... contei tudo isso à minha orientadora, certo de que ela me daria o telefone de alguém das novelas. Para meu desalento, ela tentou me dissuadir de minha idéia. Essas pessoas que escreviam para novelas eram bem mais velhas, eram médicos e advogados e engenheiros, me disse. Não acreditei nela; o que é que ela sabia sobre novela, afinal? Não mais do que eu. Aliás, esse era meu problema. Não conhecia ninguém que entendesse mais de novela do que eu.

Nessa época meu pai já havia morrido e minha mãe dava os primeiros sinais de que não viveria muito mais tempo sem ele. Não tinha ninguém a quem eu pudesse recorrer, até que uma amiga de uma tia de uma vizinha conheceu no cabeleireiro a prima de uma mulher cujo marido era autor de novelas, e prometeu me ajudar. Era tudo que precisava. Sabia que, no minuto em que me conhecesse, veria que eu era o colaborador com quem sempre sonhara. Claro que não foi assim tão simples. Levei meses para conseguir um encontro com ele. Eu tinha paciência, sabia o quanto autores de novelas eram pessoas ocupadas. Esse autor, em particular, era um de meus ídolos. Comecei a conversa emocionado; havia adorado o último capítulo de sua última novela. Queria ser como ele. Ele sorriu, paciente, e disse que eu era muito jovem. Tinha muito tempo pela frente, e que o melhor seria adquirir alguma vivência primeiro.

Não era nada daquilo que eu queria ouvir. Eu conhecia alguns personagens melhor do que muitas pessoas chegam a conhecer seus amigos ao longo de uma vida. De que mais precisava? Você já escreveu alguma coisa antes, ele perguntou. Admiti que não; nunca havia pensado em escrever qualquer coisa que não fosse novela (não gostava de ler, nunca gostara, achava as páginas frias e estéreis demais para meu gosto televisivo), e não sabia como era que se fazia um roteiro. Era isso que queria aprender. Ele pensou por um instante e me deu alguns capítulos para ler. Que os levasse para casa, e os estudasse. E voltasse a procurá-lo dali a alguns meses. Estava saindo de férias.

Chegando em casa, devorei aquelas páginas. Era isso um roteiro de verdade? Eu podia fazer igual. Podia fazer melhor. Tinha assistido cada um daqueles capítulos, claro, e lembrava de cada detalhe. Pensei em lhe fazer uma surpresa: iria reescrevê-las. Reescrevê-las como deveriam ter sido. Isso iria impressioná-lo. Não precisava de vivência nenhuma para isso: tinha anos e anos de prática escutando diálogos, vendo conflitos se desenvolvendo na minha frente. Não conseguia conceber nenhuma experiência "real" que pudesse ser mais verdadeira do que os diálogos que eu me propunha a escrever. Fiquei semanas diante da máquina de datilografar, levando mais tempo tentando encontrar cada tecla do que para descobrir o que sairia da boca de cada personagem. Assim que terminei mostrei pra minha mãe. A coitada já não conseguia prestar atenção em mais nada, um desalento só, quanto mais ler um roteiro, por isso li em voz alta, fazendo todos os personagens. Quando acabei ela se derramava em lágrimas. Está lindo, falou. Lindo.

Assim que o autor de novelas voltou de viagem liguei pra ele. Eu devia ter deixado uns trinta recados na última semana, tanto insisti que consegui que ele me visse novamente. Mostrei as páginas a ele, certo de que também cairia em lágrimas.

NOVELAS, ESPELHOS E UM POUCO DE CHORO | 31

Não caiu. Até riu em alguns pedaços. O que é que eu havia feito de errado? Nada, foi sua resposta. Os diálogos são bons, você tem jeito pra coisa. Mas é muito novo. Se estivesse disposto a aprender, poderia participar das reuniões, como ouvinte, tomar notas, ver como é o processo de criação de uma novela. Assim, informalmente. Ele estava até disposto a me pagar uma ajuda de custo, coisa simbólica, estágio mesmo. Tudo bem pra mim?

Claro que sim. Eu não tinha nem dezenove anos e ia participar da criação de uma novela. Ia estar lá, com os outros colaboradores, sabendo de tudo que ia acontecer antes mesmo de ir pro papel. Minha mãe ficou muito orgulhosa. Contou pra todas as amigas que "Reflexos da Vida" era seu filho quem ia escrever. Ele e o autor. E falava o nome do autor, e ficavam todas admiradas. Reflexos da Vida era o nome da novela.

No primeiro dia, logo que o autor e seus três colaboradores habituais começaram a discutir a trama, entrei na conversa e comecei a falar o que achava: quem devia ficar com quem, quem devia trair quem, quem devia ser o galã (isso por insistência da minha mãe, que gostava muito de um casal que era casado de verdade e sempre fazia par romântico nas novelas). Todo mundo parou e ficou me olhando. Aí o autor me puxou pra um canto e disse que eu não podia fazer isso. O trato era que eu podia ficar lá escutando, quietinho, e que se me perguntassem alguma coisa aí eu podia responder. Mas... tentei argumentar. Era isso ou rua, ele falou, categórico, e aceitei. Que tivesse paciência, ele disse. Quando achasse que eu estava pronto, aí me deixaria participar mais. Tudo que eu poderia fazer era escutar, tomar notas, buscar mais papel. Contrariado, aceitei.

Foi assim nos três primeiros meses. De vez em quando me faziam uma pergunta ou outra, tipo – adolescente vai aonde? Como é que você faz quando está interessado numa garota? O que é que as turmas de hoje fazem quando estão juntas? O pior é que eu não sabia de nada disso. Minha vida social não era muito ativa; aliás, não tinha uma vida social. Às vezes o pessoal da rua até me chamava pra sair, mas eu preferia ficar em casa vendo novela, e eles não entendiam isso. Não tinha muitos amigos, ninguém com quem dividir as coisas. Só a minha mãe, quando dava pra falar com ela. Eu entendia era de pessoas escutando atrás da porta, de grandes segredos, de amores não correspondidos, de irmãos separados no nascimento. Era sobre essas coisas que eu queria falar, transbordava de idéias, muito melhores que as deles. Mas sentia que no fundo invejavam meu talento e por isso não me deixavam participar.

Minha mãe faleceu no dia em que Reflexos da Vida estreou, como se tudo fizesse parte de uma grande orquestração. Morreu tranqüilamente, durante a noite, e pela primeira vez na vida descobri o que era dor de verdade. Eu havia ficado triste quando fora a vez de meu pai, mas de certo modo havia sido uma coisa irreal, distante, como um capítulo de novela. Não tínhamos muito contato, afinal. Ele era apenas mais um personagem que eu via brevemente todos os dias, alguém cujo destino eu observava com atenção mas desapego, como se no fundo soubesse que não possuía muita relação com a minha vida. Mesmo o chorinho, no velório foi a última vez que escutei. Mamãe, não. Com mamãe foi diferente: ela era tudo para mim. A única pessoa com quem eu podia me relacionar realmente. Não tê-la a meu lado no sofá, todos os dias, tornou-se uma dor quase insuportável. Cheguei a considerar parar de assistir as novelas que ela tanto amava, como se assistir sozi-

NOVELAS, ESPELHOS E UM POUCO DE CHORO | 33

nho fosse uma violação de nosso segredo; cheguei mesmo a considerar abandonar a novela; até que entendi que devia isso a ela. Seria uma maneira de mantê-la viva, ali presente. Não, não foi por isso que parei de assistir novelas. Foi depois...

Um dia tive minha chance. Cheguei pro autor e, humildemente, perguntei se podia dar uma sugestão. Impaciente, ele perguntou se eu ia insistir de novo que a protagonista tivesse uma doença incurável. Eu disse que não; aquilo não me interessava mais. Tramas irreais haviam, de algum modo, se tornado irreais também para mim. Minha sugestão era bem mais simples. Um dos personagens secundários era tímido, e uma vizinha passava sempre por ele. Eles sempre se viam mas nunca conversavam, ela era apenas uma figurante. Perguntei por que não deixar ele conversar com ela. Tentar vencer a timidez. O autor sorriu. Disse que eu estava finalmente começando a entender que uma novela não eram só as grandes tramas, que ali havia material humano para ser explorado. Havia perdido as esperanças de escrever qualquer coisa, e fiquei surpreso quando ele me deixou escrever a cena. Se ficasse boa, entrava na novela.

A idéia não tinha surgido do nada: eu costumava almoçar sozinho numa lanchonete perto da casa do autor e via a mesma garota bonita quase todos os dias. Ela me olhava também, mas eu não sabia se estava interessada em mim ou era só curiosidade por aquele garoto quietinho, que a olhava de soslaio. Escrevi a cena pensando nela: os dois se esbarravam, ele deixava cair as coisas, ela ajudava. Tentei de todo modo fazer com que ele dissesse algo a ela, mas não consegui. Eu não sabia o que eu iria dizer. Após um dia inteiro brigando com a cena, pensei numa saída: os dois tentando recolher a bagunça do chão, ela viraria pra ele e falaria: – Da próxima vez só um "oi" ia ser suficiente. – ele sorriria, diria oi, e... bom, corta para a cena seguinte. Quem sabe não surgiria um romance dali?

A cena acabou sendo aprovada. Era maior do que estou contando, três páginas ao todo, mas a base era aquela. O autor elogiou o resultado. Disse que, se eu quisesse, podia dar continuidade a essa traminha, desde que não inventasse histórias mirabolantes. Aceitei, empolgado, e comecei a escrever a cena seguinte. Não saiu do papel. Quem era aquela garota? Não conseguia descobrir. Parecia errado eles estarem juntos. Melhor: não parecia real. Eu sofria, torcendo para o autor não descobrir que eu não passava de uma fraude.

Uma semana depois aconteceu uma coisa engraçada. Eu estava na lanchonete, almoçando, e nesse dia não vi a garota. Triste por nada na minha vida estar dando resultado, me preparava para ir embora quando esbarrei nela sem querer. Distraído, deixei cair minhas coisas. Ela foi me ajudar e, para minha enorme surpresa, disse: – Da próxima vez só um "oi" ia ser suficiente. Aquilo me pegou desprevenido. Não consegui esboçar uma só reação, nem mesmo sorrir. Ela notou minha falta de jeito, pediu desculpa e continuou seu caminho. O que tinha acontecido? Quando cheguei na casa do autor conferi o capítulo da novela. A cena em que os dois se encontravam ainda não havia ido pro ar. Será que era alguma brincadeira? Só podia ser isso. Me espantava que, na correria diária, tivessem tempo para algo assim. Inquiri a todos. Ninguém sabia do que eu estava falando. Nem poderiam, pensei depois. Nunca tínhamos saído juntos pra almoçar, eles nem sabiam que aquela garota existia. Só podia ter sido algum tipo de coincidência.

Pelo menos agora eu sabia como escrever a cena seguinte. Os dois tornam a se ver e ele, tímido, não fala nada. Ela fica frustrada. Na fila para pagar o almoço, falta a ela um real e ele, que está atrás dela, se oferece para pagar. Ela aceita e, surpresa, brinca com ele: – Você fala! – Ele diz que sim. E a convida para sair. Ela aceita. Mais uma vez o autor gostou do andamento da cena. Estava divertida, disse. Eu estava fazendo um bom trabalho. Os outros colaboradores sorriram, condescendentes, e me pediram para passar a limpo a folha com as idéias do dia. Logo eu não teria mais que fazer isso, pensei.

Alguns dias depois, minha primeira cena foi ao ar. Meus sentimentos foram antagônicos: por um lado eu fiquei feliz ao ver as palavras que eu havia escrito na boca de dois atores. Mas ao mesmo tempo pensei na garota da lanchonete. Não tornara a vê-la desde aquele dia. Se ao menos eu tivesse tido a chance de fazer algo diferente. Fiquei com raiva de meu personagem: como é que ele conseguiu falar com ela, e eu não? Não era justo. Não era nem um pouco justo.

No dia seguinte, tornei a procurá-la com o olhar, sem sucesso. Ela tinha sumido da minha vida. Minha grande chance e eu a havia desperdiçado. Acabei de comer e fui para a fila. Ela estava na minha frente. Olhou para mim e sorriu, cúmplice. Afinal, já havíamos nos encontrado antes, certo? Como um idiota, ignorei seu sorriso e olhei para outro lado, nervoso. Não era apenas o sorriso que me intimidara. A sensação de *déjà-vu* era avassaladora. Às vezes temos a sensação de estarmos seguindo um roteiro secreto em nossas vidas. Dessa vez eu estava seguindo o meu próprio roteiro. Aguardei, ansioso, o desenrolar da cena. Chegou a vez dela, que entregou a notinha. Nove reais, a caixa disse em voz alta. Ela ofereceu uma nota de dez. Suspirei, silencioso. Não, claro que não. Eu devia saber que não seria tão fácil, não passara de coincidência. Quando a caixa pediu desculpas: havia esquecido de cobrar a sobremesa. O total dava onze reais. A garota procurou na bolsa e não encontrou o real faltante. Juntei toda minha coragem e me ofereci para completar o valor.

– Você fala, ela disse, aceitando o dinheiro. Falo, sim. E, como prova disso, a convidei pra sair, num ato de coragem só possível porque estava amparado por meu próprio texto. Ela aceitou.

O nome dela era Juliana. Combinamos ir ao cinema no final de semana. Eu teria três dias para escrever o que iria acontecer. Foi assim que escrevi minha primeira cena de beijo, um beijo doce e tímido que levou a um pequeno romance. Era a primeira vez que namorava, e não tenho vergonha de dizer que não dormimos juntos. Era, afinal, uma novela das sete.

Não me pergunte como ou porquê isso estava acontecendo. Desde o começo desisti de encontrar explicações. Tudo que importava era que não estava mais sozinho e que o autor gostava cada vez mais do rumo que eu dava ao casal. Ocasionalmente ele barrava uma ou outra idéia minha: nada de parques de diversões, nada de externas caras. Meu personagem também não poderia ganhar uma herança misteriosa ou algo parecido. Era justo, pensei. Eu podia continuar enquanto mantivesse os personagens (especialmente meu personagem) e as situações no plano do real.

O romance, de qualquer modo, não durou muito. Eu caíra na bobagem de escrever que ela gostava de novela, e um belo dia Juliana chegou para mim e disse que assistira um capítulo no qual meu personagem levava sua namorada ao parque, à noite, e inventava constelações baseadas nela, tal qual eu fizera. Sua acusação era cruel: ela dizia que eu havia copiado a cena, para impressioná-la. Pego de surpresa, disse a ela que não, que na verdade eu era um dos autores da novela (um pou-

NOVELAS, ESPELHOS E UM POUCO DE CHORO | 37

co de exagero de minha parte, é verdade). Que na verdade EU havia escrito aquela cena. A emenda foi pior do que o soneto. Primeiro ela não acreditou em mim. Quem, afinal, escreve novelas? Tive que provar que era verdade, contando vários detalhes da trama. Convencida, ficou furiosa: então eu havia feito pior, havia devassado nossa intimidade para milhões de pessoas. Estava me inspirando nela para criar minhas histórias. Se ela soubesse... Pensei em contar toda a verdade; mas é claro que ela não ia acreditar. De um jeito ou de outro, nosso relacionamento estava acabado.

Na verdade foi melhor assim. Eu gostava dela, achava Juliana uma garota legal, mas ela estava longe de ser a mulher da minha vida. A relação começava a dar sinais de cansaço. Aos poucos percebia que parte da minha empolgação devia-se ao fato de ela ter sido minha primeira namorada, e como primeira namorada até que a relação havia sido ótima, mas não passava muito disso. Aceitei sua decisão sem sofrer muito, e propus ao autor acabar o romance dos meus personagens. Não fazia mais sentido, no final das contas. O autor, curioso, concordou. Eu tinha liberdade para fazer o que quisesse. No fundo, no fundo, eu estava curioso para descobrir se esse meu novo poder se aplicava a qualquer garota que conhecesse.

Foi quando começou a melhor época da minha vida. Fiz com que surgisse uma morena maravilhosa, passista de escola de samba (eu, que odiava carnaval, nunca resistira a uma bela morena). A mulher ideal para curar as dores de amores de meu personagem. O que quer que estivesse transformando minhas palavras em realidade continuava funcionando. Conheci Mara alguns dias depois, e tive o cuidado de não deixá-la se interessar por novelas. Mas Mara também não durou muito, dessa vez por minha iniciativa. Uma lenta transformação acontecia em meus desejos: ao invés de buscar apenas uma namorada fiel, alguém por quem pudesse me apaixonar, a idéia de ter quantas garotas quisesse começava a se mostrar irresistível. Eu era, pela primeira vez na vida, popular, e graças apenas a meus próprios esforços. Isso se refletia nas cenas que eu escrevia: o autor estava gostando da transformação de meu personagem tímido e, mais importante do que isso, as últimas pesquisas indicavam que ele estava ficando cada vez mais popular. Ganhava cada vez mais espaço na trama, assim como eu para escrever a novela.

Os outros colaboradores ficaram enciumados. Também gostariam de escrever cenas com ele. Mas o autor era categórico: eu era bom no que fazia e havia conquistado aquele espaço sozinho. No que lhe dizia respeito, o personagem era meu. Ele próprio não pensava em escrevê-lo. Tinha outras tramas e, além disso, havia algo de genuíno na evolução do personagem, de tímido a conquistador barato, que ele dizia não ser capaz de fazer melhor. Ninguém desconfiava que minha vida seguia os mesmos rumos que eu idealizava para ele. Viam minha mudança de atitude, meu crescente interesse pela noite, e imaginavam que era por causa de meu sucesso. Eu estava amadurecendo, o autor dizia. Chegou até mesmo a me oferecer outras tramas para trabalhar. Mas isso não me interessava mais. Tudo o que queria era conhecer mulheres interessantes. Nunca passou pela minha cabeça tentar algo com uma garota que não tivesse sido previamente escrita por mim. Para quê? De qualquer modo, havia ainda uma quantidade enorme de fantasias a realizar.

Nessa época conheci Lúcia, Vera, Regina, Maira, Maria Tereza, Keiko, Daniela. Todas com algo especial, diferente em cada uma. Entenda que não podia apenas criá-las a meu bel

NOVELAS, ESPELHOS E UM POUCO DE CHORO | 39

prazer: eu escrevia para uma novela, então todas precisavam ter algum conflito, um problema a ser solucionado. Algumas eram casadas, outras tinham problemas em se relacionar com homens. Suzana pensara em entrar para as forças armadas, Fernanda acabara de sair de um convento. Ana e Leila eram gêmeas, quantas confusões isso não causou. Minha sorte é que o horário das sete era voltado pra comédia; fosse uma novela das seis e eu teria passado metade da trama sofrendo. Tudo era muito leve, muito divertido, quase inconseqüente. Não preciso dizer que iria me cansar disso.

E então conheci Gisele. Quer dizer, Gisele existia na minha cabeça há tempos, ela era, de certa forma, a conclusão lógica de tudo que eu aprendera com as mulheres nos últimos meses. Segura, decidida, bastante feminina, uma beleza mais elegante do que explícita. Eu comprava um terno no shopping (sim, minha popularidade na novela fez não só com que eu acabasse sendo oficialmente contratado como ainda estava recebendo um salário à altura), pedi sua opinião. Começamos a conversar, tal qual eu havia imaginado, e combinamos um encontro para a noite seguinte. Eu sabia que ela era especial. Sabia que tinha potencial para durar mais do que as outras, para escapar um pouco da rotina vazia a que me submetera. O que eu não esperava era que, em nossa primeira noite juntos, ela perguntasse se eu gostava de chorinho.

Eu não havia escrito aquilo. Nunca mencionara para ninguém, jamais. E lá estava Gisele, dizendo que amava chorinho. Me mostrou vários de seus discos, muitos em setenta e oito rotações, uma coleção ainda maior e melhor que a de meu pai. A primeira noite em que dormimos juntos foi um sexo diferente, mais profundo e sincero do que qualquer experiência anterior. Como se fosse a primeira vez. Era, de certo modo, a primeira vez. A primeira vez que eu me apaixonava de verdade. Começamos uma relação sincera e intensa. Cheguei até mesmo a considerar contar toda a verdade a ela, não esconder nada. Ela não era uma de minhas personagens, ela era real. Tão real quanto eu. Só então descobri que, até então, eu não passara de um arremedo do personagem que eu mesmo inventara.

Não haveria mais mulheres, não haveria mais tramas mirabolantes. Ficaríamos juntos para todo o sempre. Quando a novela acabasse descobriríamos nosso próprio final.

Infelizmente, não era assim que estava escrito. Ficamos juntos por um mês, até que o autor me cobrou que eu desse à trama um novo rumo. Eles – nós –estavam juntos há tempo demais, e nada acontecia. Ninguém queria ver um casal apaixonado no meio da novela: isso só servia para o último capítulo, que ainda estava alguns meses distante. O público começava a reclamar, mandava emails, cartas, telefonava. Tentei argumentar de todas as maneiras, mas ele permanecia irredutível. Meu personagem deveria conhecer outra garota, ou algo parecido. Fui categórico: o personagem era meu e eu não queria. Aquele personagem não era ninguém até eu começar a escrevê-lo, boa parte do sucesso da novela se devia a mim. Quem ele pensava que era, para dizer o que eu tinha que escrever?

Ele era o autor. A novela era dele, podia fazer o que bem entendesse. A partir daquele momento eu estava afastado da trama, da novela, da casa dele. Havia passado dos limites e merecia uma lição de humildade. Humildade não tinha nada a ver com isso, era minha felicidade que estava em jogo, mas não consegui convencê-lo. A novela, afinal, atendia a interesses comerciais e devia seguir o rumo que os espectadores que-

NOVELAS, ESPELHOS E UM POUCO DE CHORO | 41

riam. Fui embora batendo a porta, chamando-o de vendido e outras palavras menos recomendáveis.

Estava desempregado, mas isso não importava mais. A única coisa em que pensava era que isso não podia refletir em minha relação com Gisele. Tentei me convencer de que nosso amor era verdadeiro, de que não precisava mais da novela pra fazer a relação dar certo. Não durou duas semanas. Aos poucos seus telefonemas foram diminuindo e um dia Gisele desmarcou um encontro comigo. Ela havia dado uma desculpa plausível, mas eu sabia a verdade: bastava ligar a TV pra saber. Haviam feito com que ela se interessasse por outro, criado especialmente para isso. Quando Gisele me ligou foi pra acabar tudo. Fiz de tudo para demovê-la da idéia, dei de presente um disco raro do Jacob do Bandolim, falei que o que nós tínhamos era especial. Não adiantou. Aquela foi a última vez que nos vimos.

Fiz de tudo para voltar à novela. Pedi desculpas, disse que nunca mais teria uma atitude tão infantil, que sabia qual era meu lugar. Era minha última saída: quem sabe não me deixariam reunir os dois de novo, no último capítulo? Mas o autor nem quis me receber. Disse que havia me dado uma chance única, não devia tê-la desperdiçado. Que usasse isso como exemplo para a minha vida. Falei que voltava a trabalhar de graça, tudo em vão. Contei a ele toda a verdade. Claro que não acreditou em mim. Ainda sugeriu que eu procurasse algum tipo de terapia, que mais do que nunca achava melhor eu me desligar das novelas por algum tempo. Pedi que ele, pelo menos, reunisse o casal no fim da novela. Desligou o telefone sem responder.

Desde então, não conheci mais nenhuma garota. Era Gisele, apenas ela. Não sei nem mesmo se a magia ainda funciona, porque nenhum autor de novelas quer me contratar: nesse meio, as notícias se espalham rápido. Cheguei a continuar escrevendo cenas para nós, mas não funcionou: ela nunca retornou nenhum telefonema meu. Me recusei a assistir o final da novela, ia ser doloroso demais saber que ela ficou com outro. Isso tudo foi há sete anos, e nunca mais tentei escrever qualquer linha. E nunca mais assisti novela nenhuma.

Cheguei à conclusão de que elas não retratam a realidade.

Um Conto sobre Televisão

Lúcio Manfredi

Meu nome é Lúcio Manfredi e eu sou o autor deste conto. Naturalmente, essa é uma generalização, de fato uma simplificação da verdade. Pra começo de conversa, meu nome não é Lúcio Manfredi. Essa é uma forma reduzida do meu nome completo, que eu uso por razões de eufonia e facilidade. Quem reduziu meu nome de Lúcio Jorge Pina Manfredi para Lúcio Manfredi foi meu professor de português na quinta série, que publicou meu primeiro conto no jornalzinho da escola e viu-se confrontado com o seguinte dilema: meu nome completo era comprido demais para caber no reduzido espaço da coluna do jornal que, ainda por cima, era mimeografado. Assim, meu professor não teve dúvidas. Pegou uma tesoura e cortou meu nome ao meio. Gostei do resultado e, desde então, tenho sido Lúcio Manfredi em tudo que escrevo, até mesmo na minha assinatura. Mas o fato é que não é esse o nome que consta na minha carteira de identidade.

NOVELAS, ESPELHOS E UM POUCO DE CHORO

Além do mais, é discutível que isto seja um conto. Quero dizer, existem algumas regras básicas que um texto precisa respeitar para ser considerado um conto. Vou me esforçar sinceramente pra respeitar essas regras, uma vez que eu gostaria *muito* que este texto fosse lido como um conto. No entanto, pra quem se propõe a seguir as regras mínimas estipuladas pela crítica literária pra definir um conto como conto, bom, eu já comecei com o pé esquerdo, porque gastei quase dois parágrafos inteiros tergiversando sobre assuntos que, nominalmente, não têm a menor relação com o tema do conto. Na verdade, três porque pretendo gastar o parágrafo seguinte refletindo um pouco sobre as tais características que fazem com que um conto seja um conto e não ficaria muito chateado se pudesse contar com a indulgência do leitor. O trocadilho foi, ahn, involuntário.

A maioria das pessoas acha que um conto é qualquer história curta. E não só as pessoas que não têm o menor conhecimento de crítica literária. Mesmo editores tendem a pensar no conto dessa forma *naïve*. Se tem até tantas palavras é um conto, de tantas a tantas é uma noveleta, com mais algumas centenas de palavras vira uma novela e daí pra frente é um romance, que só uma toupeira completa seria capaz de confundir com um conto.

(*Neste exato momento, aliás, estou trabalhando no roteiro de um programa infantil onde um dos personagens é uma toupeira. Com bastante imaginação e criatividade, a gente chama esse personagem de Toupeira. De um modo igualmente surpreendente, esse personagem também é uma toupeira no sentido figurado. Ele irrompe o tempo todo no cenário nas horas mais impróprias e sempre pergunta se ali é Pindamonhangaba. Dá vontade de responder que não, que ali é um estúdio de tevê, mas*

UM CONTO SOBRE TELEVISÃO | 45

*os produtores do programa não iam gostar desse exercício de
metalinguagem. A televisão, pelo menos no Brasil, pelo menos
na emissora pra qual eu trabalho, tende a ser meio alérgica a
metalinguagem e eu às vezes me pergunto por quê.*)

Tá, enganei o leitor. Não são três parágrafos sobre a natureza do conto. São quatro. A única coisa que eu posso alegar
em minha defesa é que eu pretendia honestamente encerrar o
assunto com três parágrafos e teria conseguido, se não fosse
interrompido pelo Toupeira, que irrompeu na hora mais imprópria perguntando se aqui é Pindamonhangaba. Não, aqui
não é Pindamonhangaba e minhas desculpas consumiram um
outro parágrafo inteiro, droga.

Vamos tentar de novo. Esqueçamos toupeiras e romances,
vamos direto ao ponto. Um bom conto tem que obedecer a
algumas unidades, que a crítica pegou emprestado da *Poética*
de Aristóteles. O mais engraçado é que, se você conhece a *Poética*, sabe que, apesar do nome ambíguo, que tinha um outro
sentido na Grécia, ela (a *Poética*, não a Grécia) não trata nem
de poesia nem de literatura, mas de teatro. Então, quando um
roteirista pega as unidades aristotélicas como parâmetro, ele
até pode estar fazendo uma extrapolação legítima, já que dramaturgia é dramaturgia, seja no palco, na tela de cinema ou
num monitor de tevê, que eu mal resisto à tentação de chamar de *écrã*, como os portugueses, porque acho *écrã* uma palavra muito mais bonita do que *monitor*. Agora, se você não se
perdeu na oração anterior e ainda se lembra do que estávamos falando, e eu confesso que já quase esqueci, porque enquanto estava escrevendo minha irmã entrou no quarto e me
distraiu falando de outra coisa completamente diferente, tive
que reler o parágrafo pra manter o fio da meada e com isso

46 | NOVELAS, ESPELHOS E UM POUCO DE CHORO

perdi foi o fio da frase, que ficou truncada, melhor botar um ponto e abrir outro parágrafo.

Sim, eu estava dizendo que, quando um roteirista de tevê pega emprestadas as três unidades aristotélicas, que são a unidade de tempo, de espaço e de tema, ele não está (*ou não tá? até onde se pode ser coloquial aqui?*) fazendo uma apropriação indébita, porque a gente pode supor com toda a tranqüilidade que os princípios da dramaturgia são os mesmos, não importa o veículo usado. Mas quando um escritor pega essas mesmas unidades emprestadas ou, pior ainda, quando um *crítico* pega essas unidades emprestadas pra julgar o trabalho do escritor, cara, aí a gente tem um sério problema, porque as peças do Aristóteles (*quero dizer, as peças sobre as quais o Aristóteles falava, porque o Aristóteles nunca escreveu nenhuma peça, quem escrevia era o Aristófanes, mas o Aristóteles nunca escreveu sobre as peças do Aristófanes porque o Aristófanes escrevia comédias e o Aristóteles só escreveu sobre tragédias, apesar de que o Umberto Eco escreveu um romance inteiro, que é bem diferente de um conto, partindo do princípio de que a Poética, que não tem nada a ver com literatura e sim com teatro, teria um segundo livro, hoje perdido, só sobre a comédia*), enfim, essas peças aí que os gregos escreviam às vezes levavam um dia inteiro sendo representadas, o que não é nada comparado com as peças chinesas, que podiam se desenrolar ao longo de semanas, até meses, um pouco como as telenovelas, que eu particularmente vejo como tênias que vão crescendo, crescendo e se enrolando sobre si mesmas, e o que pode ser mais diferente de um conto do que uma tênia?

(*Ei, eu consegui terminar o raciocínio! Não ficou muito claro, admito, mas se você ler com cuidado, reler as partes mais enroladas, garanto que vai entender. Eu não entendi, mas isso não é motivo pra você desanimar, bravo leitor.*)

Então, o conto que eu tô tentando desesperadamente escrever, se quiser fazer por merecer o nome de conto, vai ter que respeitar a unidade de tempo, quer dizer, vai ter que se desenrolar ao longo de um período mais ou menos fechado, e vai ter que respeitar a unidade de lugar, quer dizer, vai ter que se concentrar em uns quantos cenários, e olha aí a contaminação do teatro de novo, e também vai ter que respeitar a unidade de tema, quer dizer, tem que ter um assunto central que vai organizar todos os outros assuntos que aparecerem de forma mais ou menos estruturada. Essa parte é fácil, porque o tema do meu conto já vem indicado no título, vai ser um conto sobre televisão. Onde o bicho pega mesmo é na hora de criar o personagem. Porque conto que se preza tem que ter um personagem principal, aquilo que no teatro é chamado de protagonista porque é quem sofre primeiro (*não tô inventando, juro: protagonista vem do grego proto, primeiro, e agon, sofrer, se não acredita em mim vai olhar no dicionário, isto é, se você tiver um dicionário de grego em casa, e eu tenho, viu, seu bobão?*), e se a gente já roubou tanta coisa do teatro, pode roubar o protagonista também.

O problema é que eu sou péssimo pra desenvolver personagens. Antes de virar roteirista de televisão, quase todos os meus contos tinham como personagem principal um intelectual baixinho, complexado e patético, ou seja, eu. Claro que, depois que eu virei roteirista de televisão, tive que diversificar um pouco mais o meu elenco, quanto mais não seja pra não lotar o *écrã* de intelectuais baixinhos, complexados e patéticos, o que me obrigou a aprender um ou dois truques sobre construção de personagens. São esses truques que eu vou ten-

48 | NOVELAS, ESPELHOS E UM POUCO DE CHORO

tar usar aqui, mas não garanto o resultado, porque roteiro de televisão é uma coisa e conto é outra completamente diferente, e só uma toupeira seria capaz de confundir as duas linguagens. Oi, aqui é Pindamonhangaba?

Se o meu tema é a televisão, eu tenho que criar um personagem que corporifique esse tema. Não que meu personagem tenha que *encarnar* a tevê, que nem aqueles bonecos que andam por aí com uma televisão no lugar da cabeça. O que eu preciso é que esse personagem seja um instrumento eficaz pra eu poder apresentar duas ou três idéias que eu tenho sobre a tevê. Apresentar, claro, de modo ficcional. Não tem nada mais chato do que um personagem que abre a boca e começa a discursar, verbalizando as teses do autor literalmente. São as *ações* dos personagens que têm que ilustrar essa tese. Os roteiristas americanos têm uma expressão pra indicar a diferença entre mostrar e contar. A expressão é *show, don't tell*. O que eu preciso, pois, é de um personagem que *show* duas ou três idéias que eu tenho sobre a tevê, em vez de *tell* sobre elas. Mas pra ficar bem clara a relação entre o personagem e as idéias, talvez não seja de todo inútil falar um pouco, ahn, sobre elas.

A primeira é que a televisão se tornou atualmente o principal instrumento através do qual a sociedade constrói o que a gente engole como sendo a realidade. Pra ser mais específico, qualquer sociedade tem mecanismos através dos quais a realidade é construída. Tem até um livro de sociologia que chama justamente *A Construção Social da Realidade*, não lembro o nome dos autores (*Peter L. Berger e Thomas Luckmann*) e tô com preguiça de olhar na estante. Só que na *nossa* sociedade, quem faz isso é a televisão. Tudo bem, a mídia em geral. Mas o que é a mídia na cabeça das pessoas, senão a televisão?

UM CONTO SOBRE TELEVISÃO | 49

A segunda idéia, eu esqueci completamente. Era uma boa idéia, eu garanto. Me deixou bastante entusiasmado. Em certos aspectos, era até mais importante do que a primeira. Agora já foi. Que se há de fazer? Com um pouco de sorte, ela volta até a hora em que eu começar a escrever o conto, o que, reconheço, já devia ter começado faz tempo.

Fiquemos, então, com a minha primeira idéia. Uma única idéia para um único conto já tá de bom tamanho, certo? Dificilmente alguém conseguiria respeitar mais de perto a unidade de tema preconizada lá pelo Aristófanes. Claro que o personagem não vai abrir a boca e dizer com todas as letras que a televisão se tornou atualmente o principal instrumento etc. e tal e tudo aquilo que eu falei no parágrafo anterior. Agora, isso não quer dizer que ele não seja capaz de refletir sobre o assunto. Porque senão, a gente vai ter que deixar toda a reflexão por conta do público e, francamente, que tipo de reflexão você pode esperar de um público que assiste televisão o dia inteiro? (*Eu assisto televisão o dia inteiro, neste exato momento tem uma televisão ligada no meu quarto, mentira, tem um rádio, mas isso não vem ao caso.*) Muito bem, eu quero que meu personagem reflita. Conseqüentemente, eu preciso reler o texto porque desconfio que tô usando muito advérbio terminado em *mente*, é um vício meu, reconheço, mas não era isso que eu queria dizer, eu queria dizer que, conseqüentemente, meu personagem tem que ser um intelectual. De que tipo? Bom, eu quero que ele tenha um olhar meio oblíquo diante da sociedade, em sentido figurado, por suposto, não quero que ele seja vesgo, como o Descartes, não, espera, o Descartes *não era* vesgo, ele tinha tesão por *mulheres* vesgas, o que não é bem a mesma coisa. Eu podia fazer com que o meu protagonista fosse um intelectual com tesão por mulheres vesgas, que tal? Não, a alegoria ia ser

NOVELAS, ESPELHOS E UM POUCO DE CHORO

explícita demais. Seja como for, meu protagonista tem que sofrer, sofrer primeiro, sofrer antes que todo mundo, ou seja, ele tem que ser meio desajustado, um tipo de *outsider*. Em outras palavras, ele tem que ser um intelectual complexado. Complexado pelo quê? Ahn, eu vou falar sobre a televisão, ok? E a televisão é a cultura da imagem, tá me acompanhando? Ia ser legal se o complexo do cara tivesse alguma coisa a ver com as imagens difundidas pela televisão, tipo padrões de beleza, sei lá o quê. Não que ele tenha que ser necessariamente feio, porque o leitor ia desconfiar que ele só reflete do jeito que reflete porque é um ressentido. Já sei! Vou fazer com que ele seja baixinho. Um intelectual baixinho, complexado e patético. Por que ele me soa tão familiar?

Ótimo, já tenho meu tema e meu protagonista. Preciso agora de um cenário e de uma duração pro conto. Um dia inteiro? Semanas? Meses? Pra simplificar, vou fazer a história acontecer ao longo de um dia inteiro, na casa dele. Digamos que o sujeito seja obrigado a passar vinte e quatro horas assistindo televisão. Não, tenho a impressão que alguém já usou essa idéia. Podia botar o cara na frente do computador escrevendo um conto sobre televisão, mas os leitores não iam gostar desse exercício de metalinguagem. O público tende a ser meio alérgico a metalinguagem e eu às vezes me pergunto por quê.

Cara, já tô há horas na frente dessa porra desse *écrã* tentando pensar em alguma coisa. Você não percebeu porque passou de um parágrafo pro outro em uma fração de segundo, mas eu, que não tenho essas facilidades, e essa é a grande diferença entre o autor e o leitor, estou há quase um dia inteiro lutando pra encontrar uma situação onde eu possa socar o meu protagonista tão cuidadosamente construído. Quem sabe se eu apelar pra *Poética* do Aristóteles? Um empréstimo a mais, uma apropriação a menos não vão fazer a menor diferença.

Nessa fração de segundo que você levou pra passar de um parágrafo pro outro, tive tempo de folhear a *Poética* inteira. Tem essa idéia que fica rosqueando na minha cabeça feito uma tênia, quando eu era criança li que as tênias podem ficar com mais de dez metros de comprimento, e às vezes crescem até chegar no cérebro do hospedeiro, e aí o hospedeiro morre, essa pequena gota de informação científica me deu calafrios durante semanas, meses, que nem uma novela, e é mais ou menos essa a sensação que eu tenho agora, enquanto essa idéia fica rosqueando na minha cabeça. Se bem que o Aristófanes diz que esse é um *defeito*, não uma qualidade, pode bem ser o pior defeito que uma tragédia pode ter mas, ah, raios partam, né?, isto aqui não é uma peça, é um conto, pelo menos eu espero que seja um conto, contanto que eu conte com a indulgência do leitor, inclusive pra esta aliteração que eu criei ao repetir o trocadilho infame, e já que eu conto com a indulgência do leitor pro trocadilho, pra aliteração e até pra própria natureza do texto, por que não solicitar um pouco mais essa indulgência e apelar pro bom e velho *deus ex machina*?

(*Oi, aqui é Pindamonhangaba?*)

Cenas

Dora Castellar

Rememoro. Recupero você andando de um lado para o outro, ocupando a sala inteira, tão perto, tão longe. O sorriso curioso, o olhar inquieto. Diz que gosta muito de trabalhar, adora o que faz. Gira, parece que vai embora, volta, agitado. Excitado pelas idéias que vêm em turbilhão. Senta na beirada da mesa. Tenta parecer confiante, relaxa. Fala rápido, muito, eu só ouço. Não digo nada que preste, pra quê, se digo são só palavras convencionais. Apenas olho e ouço. Gravo. Você vai embora. Não vai, quem deixa atrás de si a fome de seu corpo não vai. Deixa o desejo. O corpo magro, flexível, as mãos secas e quentes.

Eu fico sozinha e ando em volta de mim mesma, rondando, tentando, sentindo você em meu corpo, mãos e cérebro, você. Busco os meios, sim, eu tenho os meios.

Executivo, elegante, rico, inteligente. Cabelos indisciplinados, brilhantes, roupas finas, muito sóbrias. Crio para você um perfil assim meio blasé, tipo desinteressado-interessado. Um pouco ambíguo, talvez? Difícil, com certeza. O sorriso breve, acompanhado de um olhar acariciante, prometedor. Sedutor, muito sedutor. As sobrancelhas, em contraponto, mostram um certo espanto de quem acha a vida muito louca. A boca, ah, a boca deve revelar fome de amor. Indisfarçada. Gulosa.

Acaricio as folhas de papel em branco, empilhadas, abertas, expectantes, violáveis, ilimitadas. Respiro profundamente, antecipo diálogos, saboreio as palavras que colocarei na sua boca, as entonações, a marcação exata, a câmera passeando pelo seu corpo, revelando as veias da mão, o movimento do peito subindo e descendo, o passo elástico. Um pouco nervoso, deve haver sempre em você uma certa urgência.

Começo, devagar, a escrever o cabeçalho da cena número um.

Interior. Dia. Cenário impessoal, sala de espera, talvez. Música premonitória. Calor, sua camisa está entreaberta, apenas o suficiente para que se possa intuir a pele macia, quente. Diálogo curto. Dizemos apenas pequenas palavras veladas. Minha personagem está contida, dá pequenas pistas discretas, mas os signos são sedutores, sim, muitos. Uma certa dissimulação bem temperada. Sua última fala vai mostrar um certo espanto, digamos, com o inesperado, e então/

Ah, papel traiçoeiro, personagem ambíguo! Você me escapa, sai de cena pela porta falsa e se apresenta em carne e osso, jeans e camiseta, invade minha sala, coloca as mãos sobre a minha mesa, olha meus papéis, sorri, levanta o polegar, positivo, dá uma piscadela simpática, insuportavelmente real, humanamente intocável! Eu, inteligente, competente, claro, um ar atarefado, muito trabalho, palavras corretas e profissionais. Você sorri de novo, ecoa, pontua, sai rápido.

Ainda bem. Penoso momento de absurdo, que me deixou desnorteada, fria, frustrada, incoerente, vazia. Nada disso, exagero. A palavra é desesperançada. Concretamente desesperançada.

Fecho os olhos, espero passar. Passará. Sempre passa. É preciso ficar só assim, parada, esperando, até que do ar eu possa recolher o que ficou de você, essa sim, a rarefeita mas tão verdadeira substância sua.

Fecho os olhos, preciso me concentrar. Acaricio a palma das minhas mãos. De novo posso sentir a textura da sua pele, a umidade, o calor, o cheiro. A vibração da sua voz me penetra. Música, já sei qual a música. Transformo. Monto a cena número dois.

Externa. Saguão de aeroporto num país distante. Noite. Muito movimento. Você, prestes a embarcar, terno e gravata aberta, se despede de uma mulher. É a outra. Diz que o adeus é para sempre. Não voltará mais. A mulher, chocada, não acredita no que ouve. Você, frio e já distante, um ar quase aborrecido, diz que não vai dar explicações. Não há o que explicar. Vira-se para sair. Ela o agarra pela roupa, mas depois desiste. É uma mulher fina. Peço para a câmera mostrar seu olhar que já me vê. A mulher fica imóvel, enquanto você se afasta, o passo rápido, elástico, desviando dos outros passageiros, até desaparecer, mas a sua figura parece ficar ainda ali, nos olhos da mulher, como se a trajetória do seu corpo tivesse deixado um rastro, música, uma nota no ar.

Na cena três minha personagem está sozinha. Interior. Quarto de dormir. Noite. Música para solidão. A cama larga, grande demais, vazia. Ela sabe de tudo, ou, melhor ainda, intui. Rasga suas cartas. Você mentiu para ela, por isso ela sente raiva. Arranca os lençóis da cama, depois se deita, abraçando o travesseiro, chamando você. Amor, desejo. Nessa ordem? O telefone toca e você/

O telefone toca, toca, toca, eu demoro a atender, não quero, quero começar outra página branca e macia, mas digo alô. Você me diz bom dia, tudo bem, minha amiga, como vai o trabalho? Bem, sim, digo o que tem que ser dito, apenas o que é correto e sensato, as pistas estão bem camufladas, inexistem para você. Falo vagamente, preciso escrever, digo. Você parece um pouco ansioso. Não pergunto por quê, mas gosto dessa nota insegura na sua voz, vou usar isso na próxima cena.

Interior, noite. Sala elegante. Elegância não é tão importante. Aconchegante. Cores quentes. Luz suave, música triste sublinhando minha personagem de cabeça baixa. Você entra. Pára na porta. Ela está encolhida no canto do sofá. Está chorando, peço para a câmera detalhar o rosto, e quando ela olha para você, as lágrimas brilham. Desvia o olhar, não responde quando você a chama. Você fica um pouco ansioso, inseguro, não tem certeza de nada, ainda. Chega bem perto, eu sinto o calor do seu corpo, antecipo o primeiro beijo, mas ainda não. Não nesta cena. Você enxuga as lágrimas dela, delicadamente, acaricia seus cabelos. Ela deixa. Tenta sorrir. Ou talvez não. Melhor não. Toca seus lábios de leve, com a ponta dos dedos. Alguém a chama em off. Ela sai. Deixa você sem saber o que eu sei, sem saber o que eu quero. Lábios fechados, você a acompanha com o olhar. Sua última fala fica para depois do intervalo comercial.

Pulo cenas que não me interessam, escreverei depois, quero logo a cena em que você vai dizer que a ama.

Externa. Dia. Um parque, a luz do sol filtrada por entre as folhas das árvores. Você e ela passeiam por caminhos sinuosos, param numa sombra, sentam na grama. Você diz que a ama. Assim, um tanto de repente? Sim, é bom para sacudir o público. Você pede desculpas por ter sido inconseqüente, por não ter descoberto antes o quanto a amava. Diz que as outras mulheres nunca significaram nada, todas fúteis, vazias, desimportantes. Ela perdoa a demora, o engano, a traição, a espera? Perdoa ter sido abandonada? Não. Ainda não. Suspense alimenta o desejo. Concedo apenas que ela passe a mão nos seus cabelos, depois desista do gesto. Música-tema se insinua. Peço para a câmera fechar em você, big close do seu rosto, quero ver a sua boca. Você tenta me beijar, eu não deixo, ela não deixa, mas sente o cheiro, o calor, a maciez, o gosto, o gosto da sua boca. Corta.

Fecho a porta, tiro o telefone do gancho, estou trabalhando, não estou para ninguém, muito menos para a impossibilidade real e concreta, eu sei, que é você.

Deixo as outras tramas de lado, as cenas intermediárias, nada mais interessa. Vou para a cena do clímax. O final feliz primeiro, por que não, se eu quero?

Praia deserta? Quarto de dormir?

Quarto de dormir. O mesmo da cena do telefonema. Interior. Noite. Só luzes íntimas. Música-tema em background. Minha personagem penteia os cabelos, distraída. Triste. Incerta quanto ao futuro.

Não. Melhor praia deserta. Externa. Entardecer. Ela caminha devagar, distraída, os pés descalços, pela beira da água. Em background, a música-tema. Gritos de pássaros marinhos em primeiro plano, vão se distanciando, música-tema cresce, envolvente, linda. Ela está triste. Incerta quanto ao futuro. Contagia o público, que também se pergunta se você virá ou não. Se não vier, tudo estará perdido. Mas você vem, claro. De terno e gravata, não teve tempo de mudar de roupa. Descalço, os sapatos desamarrados numa mão, na outra a pasta de executivo. Ela pressente a sua chegada, vira-se. Fica parada por um momento, a respiração suspensa. Depois vem correndo para você, que larga tudo e a abraça. Giram. Não importa que seja batido, eu quero, funciona sempre. Pássaros revoam neste momento, o produtor que se vire. Primeiro beijo, com muita paixão, mas primeiro, portanto breve. Nada de diálogos, só música, pássaros, barulho das ondas. Câmera se aproxima muito. Detalha o rosto da minha personagem, os lábios úmidos do seu beijo. Olhos nos olhos. Ela desmancha o nó da sua gravata, abre o colarinho, tira seu paletó, abre devagar a sua camisa. Beija de leve o seu peito, a boca entreaberta para sentir melhor o gosto da sua pele. Acaricia suas costas. Você fica parado, os olhos fechados, sentindo o prazer entrar no seu corpo como uma onda. Beija o pescoço dela, primeiro delicadamente, depois com mais e mais desejo e paixão, despe o vestido, beija os seios, vamos tentar, se não puder por causa do horário a câmera mostra por trás, não se vê mas se sabe. Ela fecha os olhos e se entrega, finalmente se sabendo amada e desejada por você. Você cola todo o seu corpo ao dela, beija a boca com tudo, câmera detalha, ela tira sua camisa, vocês se ajoelham, sempre o beijo, depois se deitam, rolam na areia molhada, intercalar a imagem sensual com as ondas do mar e o céu vermelho do sol poente. Sobe música-tema, depois fica de fundo, você dizendo as palavras loucas de paixão, desejo e amor sobre a imagem de você me amando.

Júlia Ferraz

Renato Modesto

Primeiro veio o medo de ficar doente. Desde bem pequenina. Tudo tinha que ser lavado, esfregado, escovado, desinfetado. Os vírus ameaçadores, as amebas, os micróbios de múltiplas pernas bailavam pelo ar e pelo chão, como um exército de minúsculas ameaças. A doença pingava do teto. Nada a sua volta era seguro. As mãos das pessoas eram nojentas, cada cumprimento, um suplício, todo suor, asqueroso, todo cheiro, repugnante. Ela tinha asco de todos. Da pele, dos cabelos, das unhas. O contato físico ou mesmo a proximidade de alguém fazia cada parte do seu corpo estremecer.

Em pouco tempo, constatou-se a loucura. Como era pobre, não lhe chamavam excêntrica. Era a doida, a esquisita, a pobre coitada. Só o pai a compreendia, só o pai a mimava. Só ele conseguia tocar seu rosto assustado.

Depois da morte do velho, não lhe sobrou quase nada. As contas eram pagas com pequenas partes da herança. O suficiente para levar uma vida humilde. O zelador do prédio fazia as compras por uma gratificação semanal. E ela vivia em clausura. Como uma santa. Num apartamento imaculado, com móveis cobertos por capas de couro, plantas de plástico, janelas fechadas e nenhuma poeira.

Tão protegida ficava naquele apartamento, um útero gigante e limpo, que um novo medo nasceu em seu peito. O medo de atravessar o limiar da porta, de sair, de descer à rua, aquele lugar imundo, lá embaixo. Enojava-a a promiscuidade quente das pessoas passando pelas calçadas e se esbarrando. Aterrorizava-a o barulho das freadas, o trânsito caótico, o brilho do sol batendo nos carros.

Em pouco tempo, deixou definitivamente de sair de casa. Às segundas-feiras, abria a porta do apartamento apenas o suficiente para que o zelador lhe passasse as compras. Então, tão depressa quanto podia, fechava a porta e ficava ali, encerrada. No início, o homenzinho se preocupava. Perguntava por que ela não descia nunca. Depois, percebeu que era um caso perdido e não perguntou mais nada.

Ela não era exatamente infeliz naquele lugar. Havia ultrapassado essa etapa. A solidão, tão pesada no início, tornou-se um som contínuo, um zumbido em seu cérebro. Ela aprendeu a não pensar em nada para não sofrer.

Além disso, não estava exatamente só. Na sala, sobre a mesinha de mogno, havia uma televisão prateada, sua única amiga, companheira de todas as horas. Enquanto esfregava o chão, a televisão cantava. Enquanto preparava o almoço, ouvia sobre o mundo lá fora, um mundo distante, um mundo estranho que não queria para si, que sentia orgulho em ter abandonado.

Durante a noite, quando, cansada, sentava-se no sofá, a televisão tornava-se uma confidente, quase uma amante, tão calorosa e terna que era, tão cheia de beleza e paixão. Ela assistia as novelas, uma por uma, e sonhava. Eram sua grande, sua única alegria. E, de fato, quantas lágrimas derramou diante daquela televisão, quantas histórias viveu sem sair do sofá.

Um dia, estava para estrear a nova novela das oito da noite: "Mistério", de Tomás Doronete, um jovem roteirista de TV. Era uma trama policial que já vinha sendo anunciada há algum tempo nos intervalos comerciais.

Ela estava curiosa, pois a emissora havia implantado uma jogada de *marketing* original: a principal estrela da novela, aquela que beijaria os homens mais lindos e que acabaria por desmascarar o vilão no final, era uma atriz totalmente desconhecida do público. Essa diva, que merecia estréia tão badalada, chamava-se Júlia Ferraz. Havia sido escolhida através de muitos e cuidadosos testes e seu rosto, até então mantido em sigilo, só seria revelado no início do primeiro capítulo.

Ela estava sentadinha no sofá, esperando. Os cabelos, como sempre, estavam metade presos por grampos e metade soltos. Ainda eram negros e brilhantes como a noite lá fora, onde a lua crescente resplandecia, silenciosa.

Seus olhinhos pequenos brilharam, numa alegria infantil: os créditos invadiam a telinha. Em primeiro lugar, em grande destaque, o nome dos protagonistas:

JÚLIA FERRAZ *e* MARCOS LUNDI
em
MISTÉRIO!

Então todas as letras escorreram como sangue e apareceu uma lista com os nomes dos outros atores e atrizes.

Ela apertou as mãos pequeninas uma contra a outra. Adorava Marcos Lundi, o galã. Não entendia como ele conseguia ser tão desamparado e tão viril ao mesmo tempo... "Um homem de sonho" – pensou.

A primeira cena, como não podia deixar de ser, era dele. Na pele de um detetive de terceira categoria, Marcos aparecia em seu escritório de investigações, cigarro no canto da boca, pés sobre a mesa, mãos atrás da cabeça, dormitando. Uma secretária loira, ao lado, batendo à máquina. A música de fundo dando aquele clima de policial noir.

Ela soltou um longo suspiro quando, lá na telinha, através da porta de vidro leitoso, surgiu o vulto de uma mulher. "Júlia Ferraz", pensou. Então, a porta se abriu e, num salto, ela se levantou do sofá. Sua respiração ficou, por alguns momentos, suspensa. Lá na TV, atrás da porta aberta estava... ela! Ou, pelo menos, uma mulher exatamente igual a ela.

Júlia Ferraz estava, é claro, muito bem maquiada, com os cabelos penteadíssimos, trajando um vestido cinematográfico cor de pérola e jóias imensas. Mas a atriz era muito parecida com ela! Uma semelhança impressionante.

Pouco a pouco, como uma criança assustada, ela se aproximou da televisão, quase encostando o rosto na tela. A confirmação foi assustadora. A atriz misteriosa era sua sósia perfeita, uma réplica exata.

Num gesto automático, ela desligou o botão da TV. A imagem condensou-se, por um momento, num ponto de luz brilhante e desapareceu totalmente na escuridão.

Ela caminhou pela saleta. Foi até a janela e voltou. Estava agitada e não sabia exatamente o que fazer. Tinha medo de ligar novamente a televisão. Seus olhos se perderam no vazio por um tempo. Então, pancadas na porta a despertaram. Apavorou-se.

– Quem está aí?

– É o zelador! Posso falar com a senhora?

Ela disse a primeira desculpa que lhe veio à cabeça:

– Estou ocupada agora!

– A senhora não está assistindo a novela?

Ela gelou. Então, ele também tinha visto... aquilo.

– Não! Eu estava dormindo.

– Mas a senhora não disse que estava ocupada? – perguntou o zelador.

– Ocupada dormindo. Vá embora daqui!

E o homenzinho se foi.

Mas, no dia seguinte, voltou. E, com ele, outros três moradores. A vizinha do lado, dona Margot, dona Santa do andar de cima, e um homossexual de meia idade, chamado Tavinho, lá do décimo andar.

Bateram tanto na porta, tocaram tanto a campainha que ela não teve outra alternativa senão abrir. Prendeu a correntinha de segurança e, através de uma fresta, olhou com asco para aquele monte de gente. Eles falavam ao mesmo tempo e lhe davam enjôo. Teriam limpado os pés? Talvez sujassem a entrada do apartamento por dias. Deus! Que doenças carregariam? O que queriam ali?

– Eles deram dinheiro pra você mentir? – foi a primeira frase que conseguiu entender. Quem perguntava era o "seu" Tavinho.

– Dinheiro? – balbuciou ela, sem compreender.

– Agora você não precisa mais enganar a gente, querida. Todo o prédio já sabe que você é Júlia Ferraz.

– Eu não sou Júlia Ferraz! – gritou ela. E bateu a porta com estrondo.

A partir daí, tudo só piorou. À noite, ela ligou a TV apenas para confirmar o pesadelo. A protagonista da novela tinha os seus traços, os seus olhos. Estava apenas mais bem cuidada e melhor vestida. De resto... eram iguais.

– Não. – falou ela, por entre os dentes. – Isso é só... uma coincidência. Eu não sou Júlia Ferraz. Nunca fui. Somos parecidas. Parecidas, nada mais.

Dois dias depois, um grupo de repórteres apareceu à frente de sua porta. Desconfiavam que ela era a própria Júlia Ferraz, vivendo naquele prédio velho, de classe baixa, para esconder-se do assédio dos fãs. Ela nem abriu. Conversou com eles por dois minutos através da porta fechada e a tudo que perguntavam, só dizia "Não". Ela tinha observado o grupo pelo olho mágico e viu que um dos repórteres usava um casaco de couro, velho e manchado. Outro, gordo e suarento, tinha a barba por fazer. Aquela gente suja jamais entraria em sua casa! Jamais! E, enfiando-se sob as cobertas, passou o dia apavorada com os barulhos, as batidas na porta, a insistente campainha.

De madrugada, insone, veio-lhe à mente uma teoria. Sendo que a semelhança era tão impressionante, podia ser que a atriz fosse uma irmã desconhecida, uma gêmea. Talvez, como numa trama de novela, tivessem sido separadas após o parto. Então, cada uma seguiu um caminho. Ela tornou-se a mulher pobre e solitária que era e a irmã virou uma atriz famosa. A teoria era espantosa, mas plausível. E, com um arrepio na espinha, ela percebeu que tinha de procurar Júlia Ferraz. Depois de tantos anos, precisava deixar aquele apartamento e descer à rua.

O melhor seria bem cedo, calculou ela, porque quase ninguém a veria e o trânsito ainda estaria calmo. Ela pegaria um táxi, iria até o estúdio da televisão e se apresentaria para a sua sósia. Um plano bem simples se ela fosse uma pessoa normal. Mas, para alguém como ela, vítima do pânico e da misantropia crônica, era como aventurar-se sem armas numa selva.

Sentindo calafrios de febre, ela vestiu sua melhor roupa. Trêmula, penteou os cabelos e resgatou do fundo do armário uma bolsa cor de rosa. Colocou ali um pouco de dinheiro e cambaleou até a porta. A dificuldade de respirar era grande. Sentia-se tonta, enjoada, morta de medo. Entretanto, sabia que não teria paz enquanto não tirasse a limpo aquela história. Agarrou a maçaneta da porta como se segurasse seu próprio destino e saiu para o corredor.

Tudo estava vazio e silencioso. Ela apertou o interruptor e uma luz amarela e mortiça invadiu o lugar. Achou as paredes imundas e permaneceu imóvel e acuada. Mal conseguia pensar. Só com muito esforço, conseguiu tomar a primeira decisão. Como o elevador era aterrorizante, a melhor opção seria a escada.

Desceu os três lances de degraus como quem desce para o inferno e, trêmula de pavor, abriu a porta que dava para o saguão do prédio.

Diante de uma mesinha negra, o zelador, baixinho e bigodudo, dormia com as mãos cruzadas sobre a barriga. Seria um problema e tanto se ele acordasse. No mínimo, ela desistiria de tudo e correria de volta para casa. Por isso, muito lentamente, foi se esgueirando pela parede. Enfim, chegou à porta de vidro, que estava apenas encostada e, ultrapassando-a, encontrou a rua. Sentia-se partindo para a maior aventura da sua vida.

Ela já tinha se esquecido de como era bom sentir o vento. Achou aquele friozinho agradável por um momento, mas logo notou os carros que passavam e voltou a ficar assustada. A rua estava mais movimentada do que ela tinha imaginado. Para piorar tudo, pela calçada veio vindo um grupo de três estudantes, carregando seus cadernos: um negro alto, uma adolescente de cabelos loiros e um japonês magrelo e sorridente.

Imóvel como uma estátua, a pobrezinha pensava: "Que eles não cheguem perto de mim. Que eles não cheguem perto de mim." Suas súplicas, porém, não surtiram efeito. O japonês fixou o olhar diretamente em seu rosto. Sussurrou alguma coisa para os dois companheiros e a menina loira fez uma cara de espanto. O negro, não podendo se conter, apontou em sua direção.

Ao ver que estavam mesmo decididos a chegar perto, ela se apavorou.

– É você, não é? Júlia Ferraz! – perguntou a menina, sorridente.

Ela gritou quase histérica:

– Não!

E partiu, em disparada, em direção à rua, exatamente quando vinha vindo um caminhão.

O motorista, no susto, enfiou o pé no breque com força, mas o caminhão ainda derrapou uns dois ou três metros antes de parar completamente. Ela ouviu a brecada estridente e viu o caminhão se aproximando rápido, como uma parede que vai crescendo, ameaçadora.

Quando alcançou a outra calçada, ouviu os xingamentos irados do caminhoneiro. O enjôo tinha voltado, mais forte do que nunca.

Foi então que apareceu um táxi branco. Ela ergueu o braço e, para seu alívio, o carro parou. Entrando apressada no banco traseiro, partiu dali, como uma fugitiva.

O motorista do táxi era um senhor careca que lhe inspirou alguma confiança. No console, ao lado da direção, uma fotografia mostrava dois meninos pequenos e gorduchos.

— Eu... quero ir para o estúdio de TV. — disse ela, sussurrando como se contasse um segredo. — Para os estúdios da Rede Esfera.

— A senhora trabalha lá? — perguntou o velho, simpático.

— Não. Não. Eu... não.

O homem olhou pelo espelho retrovisor.

— Ah, meu Deus! Minha nossa senhora!

Ela gelou:

— Meu Deus digo eu, meu senhor.

— É a senhora mesmo, não é?

— Júlia Ferraz? — disse ela, quase sem perceber.

— A senhora dá um autógrafo para os meus netos? — então, ele mostrou a fotografia no painel. — Olha só. Eles se chamam Tiago e Lucas. Adoram a senhora.

— É?... É mesmo? — perguntou ela, achando mais fácil concordar.

— Claro. A senhora está parecendo uma rainha naquela novela. E a história... uau! A história é ótima.

— É... bom... é cheia de mistério, não é?

Ele entregou um papel em branco e uma caneta para ela.

— Lucas e Tiago — repetiu — Como os apóstolos... Vão ficar doidos quando eu contar que conversei com a senhora.

— Doidos... sim. — foi tudo que ela conseguiu dizer, enquanto falsificava a assinatura de Júlia Ferraz.

Quando chegaram ao imenso estúdio da TV, o sol já estava começando a ficar forte. Ela pagou o motorista do táxi que se despediu, encantado. Então, dirigiu-se para a recepção imponente da Rede Esfera. Não fazia idéia de como conseguiria entrar.

A atendente estava ocupada, preenchendo uma ficha. Ela se aproximou e murmurou, com uma voz sumida:

68 | NOVELAS, ESPELHOS E UM POUCO DE CHORO

– Eu... quero falar com Júlia Ferraz.

A mocinha ergueu os olhos do que estava fazendo, um tanto desconfiada, mas, imediatamente, abriu um largo sorriso:

– Dona Júlia! Tudo bem com a senhora? Hoje, a gravação é na cidade cenográfica. A equipe de maquiagem já foi pra lá.

Então, a atendente chamou um guardinha mulato.

– João! Acompanhe a dona Júlia até a cidade, por favor.

O rapaz uniformizado obedeceu e a conduziu por uma rua cheia de grandes portas de ferro, pintadas com números. Eram os estúdios utilizados para gravar as cenas internas.

Na altura do estúdio sete, eles viraram à direita e ela entrou no que parecia ser um parque de diversões. Nesse lugar, estava construída uma cidade inteira, com pequenos prédios, praças e avenidas. Os edifícios compunham-se apenas de uma fachada de madeira, sustentada por ripas e estruturas de ferro. Ela sentiu-se entrando em uma casa de bonecas gigante, num mundo saído diretamente dos contos de fadas.

Ao longe, ela pôde ver a equipe de filmagem montando os equipamentos. Ficou maravilhada com os refletores e as câmeras, mas tinha medo de chegar mais perto. Não sabia como fugir do guardinha quando, de uma das ruelas fictícias, apareceu um homem baixinho, moreno, todo vestido de preto. Ela demorou um instante para reconhecê-lo, mas logo teve certeza.

– Marcos Lundi! – deixou escapar.

– Meu Deus! O que é que você está fazendo aqui? – perguntou o ator baixinho.

– Estou procurando por Júlia Ferraz. – ela conseguiu dizer.

Ele riu como um garoto.

– Muito engraçado. Muito mesmo.

Antes que ela pudesse fazer qualquer coisa, Marcos Lundi a agarrou num abraço. Ela prendeu a respiração, imóvel como uma estátua. Há anos, não era tocada por ninguém. Pareceu passar um tempo interminável e, finalmente, o galã a soltou. Ela não conseguia esconder a sua confusão. O rosto era o mesmo, mas, na telinha, ele parecia bem mais alto.

– O que é que você tem, Júlia? Está estranha.

– Eu? Nada, nada.

– Todo mundo achou que você tinha ficado presa em Manaus, na gravação do longa-metragem. Passaram todas as suas cenas para amanhã.

– Ah, é? – disse ela, ainda sem ar. – Eu... adorei seu trabalho em "O Dono de Tudo". Aquele capítulo em que você foge com a Ritinha e o Eduardo pensa que você morreu... uau!

– Obrigado. Tem certeza de que está tudo bem?

– Eu... eu não sei. Acho que estou um pouco tonta.

– Não sei porque você veio para cá hoje. Deve estar super cansada da viagem. Vou pedir a um motorista que te leve pra casa, tá bem?

Marcos Lundi se foi e, em dois minutos, uma viatura da Rede Esfera parava ao lado dela. A pobrezinha ainda estava parada no mesmo lugar, abobalhada por ter encontrado seu ator preferido. Finalmente, reparou no carro. Assim que embarcou, o motorista deu a partida.

– Você... não quer saber o endereço? – murmurou ela para o motorista fardado.

– Eu sei onde fica sua casa, dona Júlia.

– Não sou Júlia. – disse ela ainda, num gemido, mas o motorista não ouviu.

Em menos de vinte minutos, entraram em um dos bairros ricos da cidade. O motorista parou diante de uma mansão toda branca, em estilo mediterrâneo, rodeada de cercas douradas e guaritas. O portão principal se abriu imediatamente para o carro da TV e ela desceu bem defronte à imensa porta de jacarandá que guardava a mansão.

Tímida e perdida, aproximou-se da porta. Nem bem chegou perto e a entrada se abriu, revelando um mordomo.

– Dona Júlia! Que bom. A senhora voltou antes do que estava programado?

– Hã?

– Onde estão suas bagagens, senhora?

– Deixei... em Manaus. – disse ela, lembrando-se do que dissera Marcos Lundi.

– A senhora deve estar exausta. Vou mandar servir o café da manhã imediatamente.

– Não precisa. Eu...

Mas o mordomo já tinha desaparecido por um corredor de mármore branco. Ele também não a ouvia e, como todos os outros, não podia compreendê-la.

Em poucos minutos, ela estava sentada diante do mais fantástico café da manhã que já tinha visto em sua vida. Tortas, bolos, doces, frutas de todos os tipos. O desjejum da mais nova estrela da novela das oito, aquela que era convidada para as festas, aquela que andava com os homens mais cobiçados do país e a quem os jornais já chamavam La Ferraz.

Ela percebeu que estava com fome e, não podendo resistir, escolheu um pêssego. Observou-o por um tempo, preocupada. Puxou, então, uma jarra d'água de prata e pôs-se a lavar o pêssego cuidadosamente. Continuou achando que não estava suficientemente limpo e descascou a fruta como garantia final. Assim que deu a primeira mordida, um homem belíssimo entrou sala adentro. Era alto, grisalho e vestia um robe de chambre cor de vinho. Ela não sabia como agir. Sua vontade era enfiar-se debaixo da mesa ou sair gritando como uma louca. Acabou ficando parada na mesma posição. O pêssego encostado na boca, os olhos arregalados bem fixos no homem que se aproximava.

Apavorada, ela viu que ele abriu os braços:

— Júlia! Meu amor!

"Amor?", pensou ela. Mas o homem já estava sobre ela, afastando a mão que segurava a fruta e oferecendo-lhe os lábios. Não teve escapatória, senão aceitar o beijo. Pensou que fosse morrer. Finalmente, o homem grisalho sentou na cadeira ao lado.

— Que loucura foi essa? Você liga de Manaus dizendo que perdeu o vôo e aparece, assim, sem mais nem menos? Estava querendo fazer uma surpresa pra mim?

— Acho que sim.

— Você está abatida. Precisa tomar um bom banho e descansar.

Ela tomou uma decisão.

— Escuta... eu preciso dizer uma coisa pro senhor... eu não sou Júlia Ferraz.

Ele riu gostosamente, enquanto servia-se de leite.

— Certo, certo. E eu não sou o seu gostoso.

Ela engoliu em seco.

— Meu... gostoso?

Uma menina de uns doze anos entrou na sala. Embora fosse loira, tinha olhos castanhos estranhamente parecidos com os dela. A menina também não teve dúvidas. Foi direto até ela e apertou-a num forte abraço.

— Oi, mamãe.

Mais uma vez, ela ficou imóvel como uma estátua. Quando o abraço acabou, ela observou a criança com ternura. Apesar de assustada, não estava com nojo. De nenhum dos dois. Pelo contrário. Eram as pessoas mais limpas e bonitas que já havia visto em toda a sua vida. Ela esticou o braço e fez um carinho nos cabelos da menina.

A menina sorriu, cortando um pedaço de pão, e ela sentiu-se em um anúncio de margarina, num lugar branco, puro, rodeada se sorrisos perfeitos e gente bonita.

Depois que o marido de Júlia partiu para o trabalho e a filha para a escola, ela pensou em acabar definitivamente com aquela farsa e ir embora. Porém, já começava a gostar da mentira e decidiu viver um dia de rainha, aquele dia de novela que sempre tinha sonhado viver. Tomou banho numa imensa banheira de espuma, experimentou os vestidos da estrela e cheirou todos os seus perfumes. Depois, cansada, dormiu numa imensa cama redonda, branca como um bolo de noiva.

Foi acordada, horas mais tarde, com um beijo na boca. Era o belíssimo homem grisalho, que estava de volta à casa, depois do trabalho. Ela quase sentiu medo por não estar sentindo medo algum. Tranqüila e solene, deixou que o "marido" a despisse. Enlaçou-o com os braços, apaixonada, e pela primeira vez, veio a sua mente uma idéia sórdida. Se nem a própria família tinha notado a diferença, ela poderia assumir o lugar de Júlia Ferraz... para sempre.

No dia seguinte, ela acordou com barulhos que vinham do andar de baixo. O "marido" já não estava na cama. Ela prestou atenção e ouviu gritos. Não conseguiu compreender o que estava sendo dito, mas o pânico retornou numa avalanche. Levantou-se depressa, arrancou uma roupa qualquer do armário e vestiu-se: era um longo azul-marinho, com detalhes brancos. Caminhou em direção à saída do quarto e foi exatamente nesse momento que a porta abriu. A respiração faltou-lhe, o estômago embrulhou completamente e um grito ficou preso em sua garganta. Diante dela estava sua réplica perfeita. Era inegavelmente real, mas parecia a sua imagem fugida de um espelho. Mediram-se por um instante e a outra abriu um sorriso aterrorizante.

– Finalmente te encontro, Júlia.

Ela balbuciou:

– Como assim? Eu... não sou Júlia. Você é que é!

Os olhos da atriz brilharam:

– Não, não, querida. Eu sou uma pobre coitada que não tem coragem nem mesmo de sair de casa. Mas sou tão parecida com você que posso tomar o seu lugar a hora que quiser.

O enjôo voltou com toda a força. Apavorada, ela empurrou Júlia Ferraz e atirou-se ao corredor, numa corrida desenfreada. Desceu as escadas de mármore, atravessou o saguão de entrada, escapuliu pela porta aberta, cruzou o jardim e, cega de terror, lançou-se em direção à rua, exatamente quando vinha vindo um caminhão.

O motorista, no susto, enfiou o pé no breque com força, mas o caminhão ainda derrapou uns dois ou três metros antes de parar completamente. Ela ouviu a brecada estridente e viu o caminhão se aproximando rápido, como uma parede que vai crescendo, ameaçadora. Então, tudo ficou escuro.

Quando a polícia chegou, a rua foi interditada. As testemunhas do atropelamento eram três jovens estudantes que passavam na hora: um negro alto, uma adolescente loira e um japonês sorridente. Disseram que estavam a caminho da escola, quando viram aquela mulher enlouquecida saindo do predinho de classe baixa. Ela estava enrolada com uma toalha azul de bolinhas brancas e, assim que os viu se aproximando, gritou uma única palavra: "Não!". Em seguida, atirou-se para a morte.

O zelador do prédio também observava a triste cena da calçada. Contou para os policiais que a coitada era louca.

– Ela era inofensiva, pobrezinha. Não fazia nada. Passava o dia trancada, vendo televisão.

AUTORES, ESPELHOS E COITOS MULTIPLICAM O NÚMERO DE HOMENS

Claudio Barbuto

Uma delas está de pé, solitária, encostada no espelho. Já a pilha é pouco simétrica. Esteticamente, pouco se pode exigir de cartas tiradas de uma caixa e jogadas numa bancada. Cronologia, nem pensar. Eram apenas cartas de fãs guardadas, de muitas recebidas, que podiam ser lidas em qualquer ordem, qualquer momento, qualquer dor. Trechos e trechos são lidos, formando mais do que a soma desses trechos e trechos lidos.

[...] diariamente me identifico com você. Inclusive fisicamente, no porte. Percebo que você deve estar pegando todas, meu caro. Não seria diferente nesse seu momento. Aproveite a fase de sucesso. Também ator, no seu lugar, eu...

Essa carta tinha de ir para o lixo. E foi. Mais trechos.

[...] poderia ser mais cavada a sunga. Mas quem sou eu para criticar um homem como você se exibindo numa cena na praia. Ainda bem que não tem ninguém em casa. Maridos e filhos não deveriam ver uma mãe assim. Já tirei até minhas sandálias e começo a olhar para os meus pés, muito a fim de viver a vida perfeita, mesmo sem perfeição.

[...] não estou com você, mas você está comigo. Fico aqui pensando: uma mulher feliz trabalha assim?

[...] e ainda sucesso, beleza, integridade e inteligência. Que ator! Estou babando como sua fã número um. Aqui, agora, escrevo para um homem ideal, para o meu homem ideal, para o homem ideal de muitas, o homem ideal da maioria. Daquele que será cultuado como uma divindade pela própria mulher. Além de tudo, é bem casado, eu sei...

[...] nunca o terei. Nada o atinge. Nem eu. Você é pura imagem. O mundo não te afeta. Queria que eu o afetasse. Tomo cuidado para que cada linha tenha mais de um sentido, mais de um significado, para esconder o fato de que não há nenhum, apenas essa inconsistência sem sentido. Eu queria ter algo de valor para dizer, mas minha bolsa está vazia.

[...] mas fui buscar a Bíblia para rezar contra ti. Vi homens e mulheres, meninos e meninas te idolatrando. Um diminuto demônio você é, e essa sua morada televisiva é criação de demônios maiores. Rezo, gritando alto. E tem essa máscara que eu arranco como se fosse a pele de um rosto. Atrizes representam papéis, atores se partem ao meio.

[...] me fixo nos seus detalhes. Mesmo do outro lado da tela, no dia-a-dia, parece que é comigo. E aquela cena da mesa se repete na minha cabeça. Parecia real. Dirigida com maestria e interpretada com fervor. Em primeiro plano. Escrevo principalmente para falar do toque das suas mãos debaixo da mesa naquela cena. É a segunda vez que essas mãos mexem comigo de uma forma definitiva. São pequenas histórias, pequenas subversões. Como tinha te escrito anteriormente, um dia olhei para suas mãos e, a partir daí, comecei a te olhar diferente. Hoje praticamente senti suas mãos debaixo da mesa, em primeiro plano, e comecei a te sentir diferente. Soube que você me emociona. Até mais do que pensava.

[...] até onde for possível, gostaria de conversar com você, pois termino a tese de doutorado em três meses. Já são duas cartas não respondidas. Segue essa terceira. Como disse nas anteriores, a temática "Do Opaco ao Translúcido" me encanta há anos. Darei seqüência em algo já abordado pelo meu orientador. Nessa minha versão, haverá um paralelo vida/expressão audiovisual. Pegue uma cena de cinema, por exemplo. Diálogos, ritmo, música, atuação, edição e muito mais se movem para que o espectador se sinta em meio a uma realidade momentânea. Estamos na zona de turvação e do opaco. A realidade está coberta por um manto. Se você criasse um ruído nesse processo, como o ator esquecendo a fala – e isso indo ao ar –, estaríamos no campo do translúcido. Ou seja: aquilo é encenação, revelaríamos. Na minha síntese, a vida pode ser encarada assim.

Batem na porta. As cartas são postas de lado.

– Nervoso?

– Depende.

– Eu estou. Dá para notar pois fico falante. Quase me expulsaram do estúdio.

– Imagino.

– Ei, vê se pára de se olhar no espelho. Mais ou menos em 30 minutos você entra ao vivo.

78 | NOVELAS, ESPELHOS E UM POUCO DE CHORO

– É mesmo.

– Melhora a concentração ficar aqui sozinho, no camarim?

– Melhora.

– Lendo trechos de cartas das suas fãs? É um tipo de preparação?

– É.

– Vem cá, sua mulher também ameaçou te deixar se você não contasse o final da novela? Contou para ela?

– Não.

– A minha quase me mata. Queria saber o motivo que vai levar seu personagem ao suicídio. Eu disse que assinamos um termo de responsabilidade com a emissora prometendo não revelar esse segredo. Você, o diretor, o diretor assistente e nós, os autores. A danada da minha esposa não se conforma.

– Coisas de mulher.

– Mas está valendo o suspense. Estamos em 82%. Esse bloco final, ao vivo, deve bater nos 90%.

– Espero.

– Meu caro, estamos fazendo história. Verbete de enciclopédia de TV. "Espelho Opaco: a primeira novela a terminar com um suicídio, num bloco final feito ao vivo, e onde o motivo que leva o protagonista a dar um tiro na cabeça só foi relevado no último minuto". Eu mesmo fiquei assustado. Tudo bem ousar em novela, é a ordem da casa, mas achei que a gente ia bater num outro extremo.

– Lei das compensações. De um extremo ao outro.

– É, só que essa cena final na base do "sei que a gente ia casar hoje, mas estou te deixando pois esse filho que carrego não é seu... Ohhh, largue essa arma!.. Bum!" não é unanimidade entre críticos.

– Um dia será.

AUTORES, ESPELHOS E O COITOS MULTIPLICAM... | 79

– Acho que já está na sua hora.

– Então vou indo.

– Boa sorte! E boa cena de suicídio. Lembre-se: vamos entrar para a história.

– Você fica?

– Vou ficar. Assistir aqui, sozinho, na TV, como um mero telespectador. Esse autor aqui já fez a sua parte. Já escrevi a cena.

O ator sai. O autor fica.

– Ligando... Opa, comercial! Vou deixar a TV sem som. Olha só, cartas, cartas e cartas. Pente com cabelo... Um espelho sujo... Uma cartinha solta encostada no espelho... Remetente em branco...

[...] e desculpe mandar essa carta para a caixa postal do Apoio ao Elenco. Era o que lembrava. Minha mente bloqueou o CEP lá da nossa rua e o número da nossa casa. Essa carta deve chegar dois ou três dias depois do final da novela (também estou curiosa) e a fama desse trabalho pode ser um bom anteparo para o que vou te dizer. Essa viagem não foi por você, para te deixar tranqüilo nesse final de novela. Foi por mim. Esqueça o casamento. Estou te deixando. E esse filho que carrego não é seu.

– Deus! Eu devia impedir... Não, deixa pra lá, vamos entrar para a história.

LÍTIO

Paulo Cursino

Pô, rapaz, cê sabe muito bem como eu trabalho, não precisava nem repetir: eu quero luz, muita luz, muito strobo, banda de smoking num canto do palco, um apresentador bonitão de terno e gravata, um show completo, de qualidade, garotas com maquiagem pesada dançando com maiô enfiado na bunda, é isso o que eu quero, e é isso o que o povo quer também, é o que segura a audiência em televisão, neon colorido no fundo do palco fazendo desenhos, manja? Podemos aproveitar aquela taça vermelha com uma azeitona verde que já utilizamos no nosso especial de fim de ano, o *Bar Musical*, não sei se você assistiu, foi um puta sucesso, até o pessoalzinho metido à besta daquele jornaleco de São Paulo elogiou, então vamos manter o mesmo padrão, pois em time que está ganhando não se mexe, funcionou uma vez, funciona duas. Quer beber alguma coisa? Se quiser aproveita que eu vou pedir pra Rose me trazer um copo d'água daqui a pouco, tá quase na hora de eu tomar meu remédio... Ah, sim, antes disso não me deixa esquecer, anota aí: vamos colocar algumas dançarinas no meio da platéia, isso ajuda a manter clima de animação geral. E no estúdio a gente dá uma força com os gritos de histeria que temos gravado, isso não é problema. O pessoal que está assistindo em casa não percebe nada. Eles nunca percebem nada. Temos também que tomar cuidado com o público que vai entrar no teatro, isso é importantíssimo. Escuta: nada de colocar aquelas candanguinhas e negrinhas berrando na beira do palco, ouviu bem? Nada de colocar mulher feia no raio das câmeras, isso não dá certo. Mulher feia e câmera é como diabo e cruz, sempre um longe do outro. Vamos usar a velha fórmula da fila de louras na comissão de frente, na boca do palco, e algumas modelos espalhadas pelo teatro todo, coisa simples de se fazer. Chama o Alvaiade pra dirigir, o negrão conhece esse esquema desde os tempos da Excelsior: três câmeras que pegam o palco inteiro, duas fixas e uma móvel, não tem muito o que pensar. Se for preciso eu arrumo até uma quarta câmera pra ele, pronto. Você viu as minhas cápsulas de lítio? Estavam dentro da minha gaveta até ontem, mas a Rose não viu onde elas foram parar. Saco! Não consigo fazer nada sem a porra dessas cápsulas. Estou bem, mas preciso delas. Estou tão bem que meu médico reclamou do meu estado. Eu tinha que estar um pouco pior, segundo ele. Vai entender. Engordei três quilos depois da operação, acredita? O problema é que não tem safena que agüente esse ritmo. Vai chegando essa época do ano e as coisas vão acelerando, vão ficando cada vez mais desorganizadas, e eu vou ficando louco, cara. Fico contando os dias da semana para ver se chega logo a sexta-feira para eu poder ir pra marina. Você veleja? Não sabe o que está perdendo. Eu, por exemplo, só relaxo quando velejo nos fins de semana. Deixo o cartão de crédito, o talão de cheques, as chaves do carro,

LÍTIO | 83

deixo tudo com a minha mulher e meus filhos e sumo para o litoral. Não quero saber de encheção. Não quero saber que filho bateu carro, que filha está querendo um cavalo novo, que o sistema de segurança do portão está enguiçado de novo, nada disso. Pego meu *tempest*, modelo de passeio, isto, aquele compridinho, e fico horas na baía. Horas. Se eu tiver que morrer um dia eu quero morrer no mar, já disse pra minha esposa, que nem na música do Caymmi. Ela odeia quando falo isso. Mas é que chega uma hora em que a gente senta nessa mesa, olha pro serviço, e diz: tô cansado. E eu ando muito cansado, cê nem imagina. O pior é que não dá pra parar, isso aqui é cachaça das boas, que que se há de fazer? Você não viu o Dado França? O cara trabalhou comigo na época pré-videoteipe, a gente chegou a dirigir muita propaganda de geladeira ao vivo, o homem entendia tudo e mais um pouco do riscado. O Dado resolveu se aposentar depois de trinta e cinco anos de TV e morreu de enfarto um ano depois de parado. Eu é que não sou louco de fazer a mesma cagada, não mesmo. Não paro nunca! Podem me chamar de velho gagá, de dinossauro, de atrasado, do que quiserem, mas parar é que não paro. Pode rir, mas você acha que eu não sei que o pessoal diz isso de mim pelos corredores? Não cheguei onde cheguei à toa, sangue bom! Se a televisão é ninho de cobra, eu fui aquela que pôs o primeiro ovo, ninguém pode comigo, mordo antes que me mordam. Por isso é que me respeitam onde quer que eu vá. Quem não me conhece ou fala comigo uma vez só me acha estúpido, grosseiro, me acha insuportável. Mas quem é meu amigo sabe do que sou capaz de fazer para manter quem gosto do meu lado. E quem está do meu lado sabe o que pode ganhar no futuro comigo. Esse nosso novo show, por exemplo, eu vou ser franco, sempre fui, não vai ser agora que eu vou mudar: eu não preciso dele, tô cagando se vai dar certo ou não. Eu não precisaria esquentar mais a cabeça com produção, equipamento, com o pessoal da técnica, com o diabo, com isso aqui tudo que estou fazendo com você. Estou fazendo esse show apenas porque estou a fim de dar uma força para um pessoal amigo meu, sabe como é, gente que tá precisando de ajuda. O Zeca Beleza é um deles, tá lembrado da figura? Aquele que fazia papel de caipira naquele programinha de humor que fez muito sucesso nos anos 70, *A hora do riso*, talvez você nem fosse nascido ainda. Vou colocá-lo no meu show. Quer dizer, desculpe, no **nosso** show. Quem sabe até fazendo o mesmo tipo de humor que ele fazia antes, não acha que vai ficar legal? Pode dizer, não acha que vai ficar legal? Aquelas piadas de caipira burro não morrem nunca e com certeza vão funcionar de novo. Já vi o Zeca Beleza botar abaixo o teatro da velha Rádio Mayrinck, o cara é um gênio do humor, tem público cativo, e nós não precisamos dar muito tempo pra ele, uns cinco minutinhos no vídeo por programa e está louco de bom. Porque ele precisa disso, todo mundo acha que o Zeca já morreu, não é só você. O cara caiu no ostracismo por causa de bebida e mulher, manja esse tipo de história? Decidi ajudar o cara porque é meu chapa, saímos muito para beber na São Paulo dos bons tempos. Faço isso também para lhe mostrar um pouco como eu sou. Não minto, todo mundo sabe que tiro a minha parte, ganho o meu dinheiro honestamente, mas divido meu sucesso com os outros. Nunca fui um cara egoísta, e também não gosto de fazer essas coisas só para aparecer, odeio quem faz. Fique tranquilo que, comigo, se um dia você precisar de ajuda, vai ter. Nunca esqueço de ninguém, nunca. Tem certeza de que você não viu as minhas cápsulas de lítio? Era um vidrinho abóbora. Devo ter deixado no carro, então. Porcaria. Se quiser pode ir, meu jovem. Já falei tudo o que tinha pra falar. Depois você me traz suas idéias para o nome e o slogan do show. Agora eu não tô com cabeça pra isso. Não precisa ser nada muito pomposo porque o pessoal do marketing lapida tudo, isso é lá com eles, assim como o anunciante é problema da emissora, eu não lido com burocratas. O que me interessa é grana no bolso pra poder trabalhar, certo? Assunto fechado então. Semana que vem a gente se fala. Vai pela sombra. E vamos ficar na torcida para que liberem o dinheiro rápido, porque isso, infelizmente, não depende só de mim. Se fosse há uns quinze anos era só eu estalar o dedo e *plec!*, os cheques estariam aqui na mesa. Hoje, com essa molecada do marketing eu não tenho papo. Porém, fazer o quê, a gente depende deles pra conseguir a erva. Saindo isso, o resto fica fácil, tudo bem? O importante é não esquecer que nós temos algo que eles não têm, cara: sangue. Pois quem é da área sabe que televisão está no sangue, tem que correr nas veias de quem trabalha no negócio. Ninguém me convence do contrário, para mim sempre foi assim e sempre será. Televisão tem que estar no sangue, rapaz, no-san-gue!

A Batata da Onda

Patricia Castilho

— Coooooooooooorta! Ô meu filho, mais entusiasmo nessa interpretação, faz favor! Vamos lá. Luz!

— Ok.

— Câmera!

— Ok.

— Som!

— Ok.

— Claquete?

— Cena 2, tomada 43.

— Ação!

— Batatinha quando nasce/

— Cooorta! Não, não, não. Você tem que entrar com tudo, entendeu? Isso aqui é um drama! Lágrimas, dor, conflito! Entendeu?

— Mas…

— Pense no texto! Sinta o texto! Interprete o texto!

— Mas…

88 | NOVELAS, ESPELHOS E UM POUCO DE CHORO

– Ok. Outra. Luz!

– Ok.

– Câmera!

– Ok.

– Som!

– Ok.

– Claquete!

– Cena 2, tomada 44.

– Ação!

– Batatinha quando nasce, se esparrama pelo chão/

– Corta. Corta. Se esparrama assim, ó: gestos, body language, espaço. Olha o cenário! Você está em uma plantação de batatas. Movimente os braços. Eu quero que você sinta o espaço à sua volta. Ar puro, céu azul, batatas! Entendeu? Vamos lá! Mais uma vez! Concentração! Pense nas batatas!

– Certo, batatas.

– Atenção...Silêêêêêêêêêêêncio no estúdio! Ô produção! Manda a figuração pra fora. Manda comer lanche, eles estão atrapalhando o som direto! Atenção! Vamos lá! Emoção, não esquece! Braços, campo, ar puro, drama! Entendeu? Atenção, luz!

– Ok.

– Câmera!

– Ok.

– Som!

– Ok.

– Claquete!

– Cena 2, tomada 45.

– A maquiagem do ator tá derretendo, pô! E a peruca tá torta. Produção, me traz uma água gelada. Traz pro ator também.

— Água gelada faz suar mais ainda...

— Então traz um chá! Rá rá rá!

— Maquiagem ok!

— Cabelo pronto!

— Todo mundo pronto aqui?! Atenção, luz!

— Ok.

— Câmera!

— Ok.

— Som!

— Peraí que tem um helicóptero passando.

— Não esquece meu filho: drama! Espaço! Entendeu? Tá pronto som?

— Agora tem alguém gritando lá fora.

— Produção! Cadê o pessoal da produção?!

— Pronto, calaram a boca. Som ok.

— Atenção claquete!

— Cena 2, tomada 45.

— Aaaaação!

— Batatinha quando nasce, se esparrama pelo chão, a menina quando dorme, põe a mão no coração!

— Ok! Perfeito! Perfeito! Lindo! Grande interpretação!

— Posso ir?

— Pode, pode.

— Produçãããão!

— Oi.

— Cena da dança. Chama as batatinhas.

Catacumba

Alessandro Marson

Sempre me lembro dos meus tempos de sucesso. Fiz muito sucesso, sim senhor. Um sucesso glorioso e acalorado. Restaram lembranças, muitas. E esperanças, algumas. Poucas, é verdade, mas estavam lá, conservadas em algum escaninho da alma. Ah, como era bom recordar Fernando Pessoa. Será que este verso era de Ricardo Reis? Não me lembro mais. Ah, o sucesso! Que saudades, que saudades! Um dia, minha sorte mudará.

E mudou.

O telefone tocou. Coisa rara. Era uma mocinha, simpática demais. Queria falar comigo. E falou. Disse que era da produção do programa do Aderbal. Que raio de programa seria esse? Fingi que conhecia e disse que a-do-ra-va o programa. A mocinha simpática devia ser alguma estagiária. Será que tem os calcanhares sujos? Ih, isso é coisa do Nelson Rodrigues, ninguém deve saber mais nada sobre estagiárias de calcanhares sujos. A suposta estagiária perguntou se eu poderia ir ao programa amanhã, que o cachê era de cento e doze reais. Disse que estava muito em cima da hora, que tinha compromissos marcados. Mentira minha. Depois, falei que iria tentar desmarcar e que ligaria em seguida. Foi o que fiz. Será que liguei muito em seguida? Não. Esperei passar dezessete minutos. Na verdade, esperei quinze, mas da primeira vez que tentei ligar, o telefone estava ocupado. Depois de dois minutos tentando, consegui. Estava marcado. Iria aparecer em um programa de televisão. Do Aderbal, mas era um programa. E com cachê.

Não conhecia o Aderbal nem o seu programa. Não tinha TV a cabo em casa. E o programa passava numa dessas emissoras. Coisas da modernidade. Antigamente, só havia a Excelsior, a Tupi e... Argh! Pára com isso, mulher, que coisa mais antiga. Hoje tem TV a cabo e pronto. E você vive hoje, no tempo da TV a cabo, da Internet e do telefone celular. Coisas que sabia que existiam. Era moderna, lia jornais, revistas, almanaques. Sabia das coisas.

Para chegar na tal emissora não foi muito fácil. Peguei o metrô, desci na estação mais próxima. Depois, um ônibus. Desci dois pontos antes. E tomei um táxi. Receberia cachê. Não ficaria bem descer no ponto de ônibus bem em frente da emissora. Imagine o que os porteiros iriam pensar? Uma convidada saltando do ônibus. Mas minha sorte estava mudando e em pouco tempo não iria mais andar de ônibus. Iria participar do programa do Aderbal, que passa na TV a cabo e é moderno. Deve ser moderno, passa na TV a cabo.

Para minha surpresa, a tal emissora era um lugar bem pequenino. Que diferença dos estúdios da... Argh! Nada de comparar com coisas antigas. Hoje, tudo é pequeno mesmo. É assim e pronto. Entrei, dei o RG. Ninguém me conhecia mais.

Por pouco tempo. Talvez, amanhã, já começassem a surgir propostas de shows. Televisão tem poder e isso eu sabia bem. Fui uma das primeiras a participar dos programas de... Argh. Chega de passado.

A estagiária veio me receber. Ofereceu um café, água, suco, o diabo. Não pude saber muito sobre seus calcanhares, estavam escondidos num sapato preto, pesado, esquisito. Parecia bota de trabalhador braçal. Engraçado, uma moça tão delicada. Com um bruta sapato daqueles. Será que era lésbica? É moderno também.

Ela me perguntou se eu conhecia mesmo o programa. Disse que sim. Ela voltou a perguntar. Parecia surpresa com a minha presença. Estranho. Mas já começara a mentir. E, como dizia meu sobrinho, mentira é igual a subida da Imigrantes: não tem retorno. Então, deslavadamente, confirmei e sorri. Cínica, como aprendi a ser.

Ela me disse que eu participaria de um quadro chamado Catacumba. Estranho. Sorri de novo. Ela esperou alguma reação, talvez alguma pergunta. Não disse nada, fiquei quietinha e gélida. Depois, disse que poderia entrar no camarim, me aprontar, que assim que fosse a hora me chamaria. Fui. Há quanto tempo não entrava em um camarim. Mas que salinha minúscula! Será que os camarins de hoje são todos assim? Esperei. Ninguém veio me maquilar, ainda bem que trouxe meu pó-de-arroz e meu rouge. Batidas na porta. Segui a estagiária pelo corredor escuro e cheirando a bolor. Fiquei aguardando tocar a música. Entrei.

O Aderbal não tinha o glamour que eu esperava. Nem outro glamour qualquer. Era um homem feioso, barbado, meio oleoso, com cara de investigador de polícia. E era jovenzinho, devia ter uns quarenta anos, no máximo. Que diferença da elegância do... Argh! Sem comparações, hoje é assim. E pronto.

As pessoas do auditório me olhavam como se eu fosse algum animal raro. Os três câmeras corriam pelo palco. Como o auditório era pequeno. E como as câmeras eram pequenas. O Aderbal não, ele era grande. E tinha uma voz capaz de intimidar. O microfone dele parecia com um pênis ereto. Eu acho. Faz tempo que eu não vejo um pênis, ainda mais ereto. Aquele homem, com aquele microfone, aquele corpão, aquela vozona, me disse o seguinte:

— Então, tia, tá na pior mesmo?

— Como?

— É, tia. Tão dizendo por aí que a senhora já foi famosa. O que a senhora fazia mesmo?

— Eu sou cantora, querido.

— Ah, vá. Cantora. A tia tá falando que era cantora, galera.

A platéia começou a gritar. Canta, canta, canta. Estranho.

O Aderbal, que falta de glamour, começou a dizer que eu morava de favor, que eu vivia bêbada, que precisava vender o almoço para comprar a janta (assim mesmo). Eu comecei a chorar. Ele falou coisas horrendas e mentirosas. Disse até palavrões! Meu Deus, onde é que eu vim parar?

— A senhora sabe, tia, que a gente faz esse quadro pra tentar melhorar a vida de quem tá na merda. Vamos lá, tem algum cara de gravadora vendo a gente? Dá uma chance pra tia. Senão ela vai morrer de tanto manguaçar.

A platéia começou a gritar de novo. Canta, canta, canta. Não sei como, começou a tocar uma música que eu gravei. Como será que eles conseguiram o disco, tão antigo? Uma música belíssima, de Dolores Duran. O Aderbal me deu um empurrão. Eu chorava. Acho que isso não apareceu na TV.

— Vai, tia, dubla a música, porra. Olha pra dois que vai te pegar.

Comecei a dublar. E chorava. Que humilhação horrorosa. Cortaram a música no meio e eu, como uma palhaça decrépita, continuei cantando.

— Olha aí, galera, não é que a tia cantou bonitinho. Quer uma branquinha?

A platéia gritava. Rebola, rebola, rebola. O Aderbal ria. Um homem vestido de mulher levantou a saia e mostrou as nádegas. As pessoas riam muito. E eu chorava.

— Olha aí, a véia sabe cantar. Vamos dar uma chance pra véia, porra! Quem quer que a véia grave um CD?

A platéia, agora, vaiava. O Aderbal ria. As pessoas riam. Ainda. E eu chorava. Ainda. Não sei bem como saí de lá. Não lembro das coisas que o Aderbal falou. Uma moça seminua me acompanhou até a saída.

Minhas pernas tremiam. A estagiária lésbica veio ao meu encontro. Me deu o cheque de cento de doze reais. Pré-datado.

— O cheque, a senhora pode depositar daqui a um mês.

INTERVALO

OLHE-ME

Thelma Guedes

Já faz parte do passado o tempo em que fui o Mal. E que estive no deserto ou entre oliveiras, diante daquele homem – o pequeno deus de belos olhos piedosos, a quem foi negada a livre escolha entre o sofrimento e a vida comum. Tentei alertar o deus de triste olhar, oferecendo-lhe algumas maravilhas do mundo, mas ele me expulsou. E aceitou o que lhe disseram ser o seu destino. Suou sangue e ficou ali, como um bezerro a ser imolado, para salvar o que sempre soubemos não tinha e nunca terá salvação.

Eu não. Neguei-me a trair minha natureza especial e afastei de mim a mão que me criou, interpelando seus gestos grandiosos e de cínica compaixão, rebelando-me inteiramente contra ela. Foi somente depois dessa minha rebelião, que começaram a dizer que mesmo ela fazia parte de um plano divino. Mas sei que a desculpa esfarrapada foi invenção de última hora, justamente porque minha atitude surpreendeu tan-

100 | NOVELAS, ESPELHOS E UM POUCO DE CHORO

to o tal Grande Plano. Quiseram apenas encobrir esse vergonhoso erro, evitando tamanho constrangimento divino.

A partir de então, fui o império vermelho do Mal e da paixão. Fui a Serpente, a Catástrofe e a Tentação. Grandes tempos aqueles de terríveis verdades.

Restam-me hoje, porém, apenas melancólicas e obscuras recordações. A mente e a vista nublados, os reflexos falhos e nenhum poder, nem de contato. Os seres humanos não podem e não querem me ver mais, como faziam antes. Fui abandonado pelos deuses, pelos anjos, pelos santos e, o pior, pelos próprios homens. Fui despejado de minhas funções malignas como um pobre cão sarnento. Decepadas todas as cabeças de Cérbero, uma a uma. Extirpados também os chifres e o enxofre, minhas marcas registradas, que tanto apreciava.

Não tenho mais nada. Apenas a nostalgia de um tempo que está deveras distante, um período em que o Mal puro reinava peremptório em toda a sua exuberância e poder. Fui a Glória, *Vanitas* e o Prazer originais, sob suas inúmeras formas de manifestação.

Dei cinco sentidos aos filhos da Criação, como a forma mais aguda e imperiosa de uma sentença de submissão eterna. Submissão ao gozo e ao meu poder, evidentemente. Somei ao pobre barro humano – feito a uma imagem tão pouco atraente – a cor e a alegria, para seduzir os homens e lançá-los ao fogo eterno, em moto contínuo e perpétuo.

Criei o desejo do corpo e, conseqüentemente, a disputa, a ira e a violência entre os de mesma espécie. Tracei um destino de sonho para os filhos da carne, criando a falsa e verde esperança. Dei-lhes a música, a dança, o vinho, a mentira e a gargalhada.

E fiz mais: cobri de seda a pele feminina, dando seios e sinuosidades à tosca costela criada pelo pouco imaginativo pai da criatura. Dei ainda ao dono da costela a poderosa testosterona, para desejar a fêmea, cobri-la e lutar por ela.

Como forte tempero, acentuei o sabor do espécime fêmeo, dotando-lhe de outras sinuosidades: a do pensamento e a da língua. Qualidades que o capacitaram a ferir e despistar o poder do macho.

E estava indo tudo muito bem no meu mundo deste modo. O mundo do Mal primevo.

O Mal era então o engano, a graça da fruição e do arrebatamento pela força. O pecado mortal ardendo e pronto para se manifestar. Queimando a superfície física dos homens. Era esta a minha obra magnífica: jorro de deleite e conflito sobre a pobre raça humana. Tão ordinária, opaca e desamparada, não fosse o fogo de que lhes dotei.

O Mal era assim: simples e compreensível. Fruto de um planejamento quase perfeito de uma inteligência de grande superioridade, ainda que não muito querida lá pelo setor celeste da criação.

O Mal era a chama da paixão, vinda das profundas do inferno – a tão bela e frágil alma humana. Os homens da Terra e eu estávamos muito confortáveis com a vida e a morte naqueles tempos imemoriais. Era grande a simpatia que havia entre nós. Éramos cúmplices. E a minha casa vivia repleta daqueles que me seguiam. Era eu, então, um ídolo de multidões.

Havia trocas de olhares, palavras e acordos entre nós. Os homens podiam ver-me e vendiam-me de bom grado suas almas rotas, em troca de algumas centelhas a mais de prazer, dinheiro e sucesso. Alguns deles chegaram a narrar nossos encontros, em grandes obras que se imortalizaram na Grande Literatura humana. Fui Dioniso, Kali, Lúcifer, o Demônio de Lermontov e o grande Mefistófeles. Dante deu-me três cabe-

102 | NOVELAS, ESPELHOS E UM POUCO DE CHORO

ças e meia-dúzia de asas que sopravam e congelavam o vento. Fui Vlad, Biondetta, Copellius e Edouard Hyde. E fui o príncipe da maldade, o belo tenebroso, a sinistra figura, o Frégoli do crime.

Fui feliz um dia.

Hoje, entretanto, o grande tempo acabou. Faço parte de lendas e do que chamam ficção. Expulsaram-me da realidade e do convívio. Fui derrubado do meu posto de imperador do mal pelo próprio homem e por uma criação sua, aparentemente banal e sem encantos à primeira vista.

Um objeto frio: bloco-cubo-caixa-quadrada-tosca-de-vidro. Desprovido da arte dos disfarces e de qualquer lubricidade. Movido apenas pela mágica da engenharia humana. Uma engenhoca grosseira. Mas superior a mim. Pior do que eu. Mais cruel e luctífera. Mais medonha, atroz, horripilante, feroz, truculenta e tirânica do que qualquer um de meus antigos demônios. Mais cruenta, implacável e desalmada com a espécie humana do que eu consegui ser durante toda a eternidade.

Este sol azul e vítreo, fechado em caixa tão grosseira, transformou o Mal em silêncio e apatia. Tomou a mente e a vida dos humanos. Roubou-lhes, sem lhes pagar, as almas todas, que tritura dia a dia sem cessar.

Diante da maléfica invenção, os homens sentem mais prazer do que tendo aos pés tudo o que lhes dei. Ingratos. Infames.

A máquina toca suas almas e as consome. Em troca, envia imagens descontínuas e sons irritantes, que as criaturas humanas recebem, mudas e sorridentes. Engolindo o que as engole lentamente, numa relação estranha de simbiose e mútua deglutição, já é quase impossível distinguir criador e criatura.

OLHE-ME | 103

Alguns homens ainda fazem o mal à moda antiga, como lhes ensinei. Mas não o fazem mais em meu nome. São inspirados apenas pelo que vêem dentro da caixa maldita.

E todos os filhos da Criação, sem exceção, sentam-se diante dela e não fazem nada. Assistem o Mal sendo feito, pronto, e isso lhes basta. Saciados, os vermezinhos são agora autoridades do Mal, auto-suficientes na matéria. E o maquinário lhes oferece uma fonte interminável de maldade fácil.

O invento que os escraviza – como fiz nos bons tempos imemoriais – possui chifres, como possuí um dia; por vezes, chapéus imensos que sobem aos céus.

Ligado por fios, o mecanismo fala sem cessar, como matraca aflita. Insuportável para meu refinado gosto. E a coisa faz o Mal, o divulga e o incentiva. Mas perpetua o pior de todos os males existentes: a inação. E me venceu por isso.

Agora sou o nada. E os homens não têm mais medo de mim.

Sou um pobre velho solitário e deprimido, que chora, sofre e sente frio. Aqui, parado, ao lado de um pequeno e recente espécime da raça humana, já hipnotizado pela máquina da maldade.

Faço então, a minha última tentativa de reaver a antiga cumplicidade. Concentro-me, escolho com cuidado as palavras mágicas, chamo a criança e suplico: "Olhe-me!". Esforço-me com todas as forças no chamado: "Olhe-me!"

Meu esforço é vão como todas as palavras do mundo.

O menino gargalha e é, ele mesmo, um minúsculo demônio, degustando a desgraça de um pobre e indefeso gato preto, esmagado por um rolo compressor; assassinado friamente, com requintes de crueldade, por um pequeno passarinho amarelo, que pergunta cinicamente: "Será que eu vi um gatinho?".

O que posso contra isso, meu Deus?

Espelho

História de Amor

Renê Belmonte

Não precisava acabar assim, ele pensa enquanto tenta limpar o sangue das mãos, a faca ainda incrustada no corpo caído. Ela tinha que ser tão teimosa? Justo hoje, dia de futebol? E daí que era o último capítulo da novela, não ia reprisar mesmo no dia seguinte? Trabalhara o dia inteiro, ouvira reclamação de chefe, humilhação, o calor insuportável da repartição. Será que não merecia um pouco de respeito? Quem é que trazia o dinheiro sofrido todo mês, não era ele? Ela não tinha o dia inteiro pra assistir o que quisesse? Era tão errado assim querer assistir o jogo, relaxar um pouquinho, beber a cerveja tão ansiada o dia inteiro? Tinha que reclamar? Criar caso? Ameaçar? Que raio de casamento era aquele que ele não podia chegar e assistir o jogo? Fosse assistir nas vizinhas, aquele bando de vagabundas que só falavam mal dele. Tinha que peitar? Tinha que xingar? Tinha que desafiar sua masculinidade? Aí era pedir pra apanhar. Tinha mesmo que perder a calma, acabar fazendo besteira. Pior que ele até gostava dela.

Custava deixar ele assistir? Custava? Tinha que chamar de viado? Tinha que fazer pouco dele? Apanhou, apanhou mesmo. Tinha era que ter apanhado e ficado quietinha, tapa de amor não dói. Quem mandou correr pra cozinha pegar a faca? Aí já não era mais culpa dele. Berrou o nome dele pras vizinhas ouvirem, pra saberem que ele não era de nada. Não era? Não era? E agora, quem é que não era de nada? Tudo por causa de uma maldita novela, isso que novela é tudo igual. Quê que tem que era o último capítulo? O que acontece de especial? Ligou a tevê só de pirraça, pra dizer: queria ver a novela? Vê agora, vê! O futebol já não ia ter mais graça, mesmo. Ela que visse a porra da novela, se pudesse.

Quando a polícia arrombou a porta ele levou a arma à cabeça, lágrimas nos olhos. Ninguém me leva daqui antes de acabar, falou, os olhos fixos na telinha.

A Mulher de Vidro

Lúcio Manfredi

A mulher de vidro atira sobre mim o azul de seus olhos, boca ávida, silenciosa. Estou largado no sofá, exangüe. Restos de comida espalhados sobre o carpete verde, em meio ao jornal de ontem e à incerteza de amanhã, baratas perdidas deslizam junto às manchas na parede não mais branca.

A mulher de vidro, silenciosa, me fala num coral de muitas vozes, as pernas cristalinas, a fenda glabra de sua devastação. Sorri e me desnuda sua teta vítrea, vence o langor. Levanto, me aproximo de seu vulto rebrilhante. Não há mais ninguém aqui, exceto a multidão de espectros que preside a nosso enlace. Suas garras frias deslizam pela pele que me recobre as vértebras, os lábios gelados colados ao calor dos meus lábios. A língua que não tem abre caminho em minha boca, seus dentes vitrificados esmerilham os meus.

A mulher de vidro envolve meu pênis com seus dedos desprovidos de tato, movimenta-se com suavidade e desespero, suga minhas vísceras, um jorro de entranhas espanta as baratas na parede e respinga velhas manchetes com nódoas rubras de angústia.

A mulher de vidro crava suas garras em meu peito, me deixa estendido no carpete, sangue sobre verde. Eu morro e mergulho no Tubo e o Tubo é a mulher de vidro, me deixo levar por suas ondas de escuridão e vazio infinito, identidade perdida, decomposto em partículas que flutuam no ar, mariposas que desfraldam as asas e lambem a lâmpada que as incinera.

A mulher de vidro se cala e deixa-se dissolver no ruído branco da madrugada.

Jura de Morte

Dora Castellar

Angelita, a copeira, o uniforme imaculado fazendo contraste com o negrume da longa trança brilhante e dos olhos amendoados, coloca sobre uma mesinha baixa pequenos pãezinhos quentes, acompanhados do queijo típico do Pantanal, cortado em cubinhos, e finas fatias de presunto caseiro. João Pedro, o dono da casa, serve uísque com gelo para os hóspedes, Cid e Sandra. Luiza, sua mulher, corta pequenas fatias do pão.

— É tudo feito aqui na fazenda, vocês acreditam? Eu juro que ainda me surpreendo com a culinária do Pantanal, não sei de onde essas mulheres tiram esse know-how refinado. Experimente este pãozinho com o queijo, Sandra.

— Que delícia! — Sandra saboreia, gulosa, o queijo levemente amarelado e macio. — Ai, meu Deus, Luiza, desse jeito eu vou engordar horrores!

— Esqueça o regime, minha querida. Aqui é impossível. Quando você voltar para São Paulo, começa tudo de novo.

Cid se acomoda na poltrona confortável e faz tilintar o gelo no copo de uísque. Olha para a sala linda, aconchegante, onde o maior luxo é o extremo bom gosto da decoração, ao lado de uma rusticidade autêntica e encantadora. Um filete de água cai de um cano de cobre e corre num rego de pedra, suavemente, por todo o comprimento da sala, numa música delicada, como nos antigos jardins mouriscos, convidando ao relaxamento e ao desfrute do prazer de comer e beber bem.

– Incrível, simplesmente incrível. Esta casa, este ambiente, estas iguarias, tudo é incrível... Eu jamais imaginei tanto conforto num lugar como o Pantanal. E essa sua idéia de colocar água fresquinha circulando pela casa foi simplesmente fantástica, João Pedro!

– Não foi idéia minha, não, Cid. Isso é tradição aqui na região, eu só adaptei. O pessoal costuma encanar água de nascente, fazendo com que ela passe por dentro da casa, numa canaleta aberta. É refrescante, o barulhinho acalma, e é prático. Não precisa nem de torneira pra ter água limpa.

Luiza vai até o aparelho de som. O som de uma viola tocando um rasqueado pantaneiro, melódico e ritmado, enche a sala.

– Eu adoro estes ritmos regionais. Não são lindos? – Luiza ensaia um passo de dança, depois senta ao lado do marido e o abraça, rindo. – Olha, eu confesso: sou completamente apaixonada por este lugar. O João Pedro também, não é, amor?

João Pedro concorda e beija a mulher, afetuoso.

– Até o uísque, aqui, fica mais gostoso. – Cid saboreia o uísque, deliciado. – Meu amigo, você e a Luíza compraram um pedaço do paraíso!

– É, mas não compramos pronto, não. Tivemos que investir muito trabalho e muito dinheiro para reformar a casa e deixar a propriedade organizada e lucrativa. E tivemos muitos problemas. Problemas que a gente nunca imaginaria encontrar.

— Ai, Luiza, não me meta medo. É do tipo onça dentro de casa? Sandra arregala os olhos, medrosa.

— Coitadas das onças, você pensa que elas andam por aí, dando sopa? — Sandra ri. — Onça que facilita vira tapete, minha filha. Não, o maior problema foi com o bicho gente, mesmo. No começo era um drama, não era, João Pedro?

— Drama mexicano.

— A gente não conseguia entender o pessoal, era super difícil encontrar gente pra trabalhar, um horror! Eu vivia numa insegurança terrível. Num dia, tudo estava bem, no outro não aparecia ninguém pra trabalhar, nem aqui em casa, nem no campo. Você perguntava: o que aconteceu? Ninguém dava resposta. Depois comecei a perceber que todo mundo brigava com todo mundo, o tempo todo. A ocupação maior da vida dessa gente era essa: brigar, brigar e brigar, brigar por tudo e por nada. Uma maluquice, pelo menos para os nossos padrões de comportamento. Era ou não era, João Pedro?

— Esse é um problema comum aqui no Pantanal. Quando a gente comprou a fazenda, não sabia que o pantaneiro não tem o costume de viver perto um do outro, muito menos de morar em colônia, na fazenda. No Pantanal as distâncias são muito grandes, por isso o povo não tem o hábito do convívio. Só que, pra tocar a casa e a fazenda a gente precisa ter os empregados por perto, lógico. E perto uns dos outros. Era encrenca atrás de encrenca. Beltrano olhava para a mulher de Sicrano, pronto, briga na certa. Um pegava o cavalo do outro, na hora de sair pro trabalho, mais briga. E assim por diante, não acabava nunca.

– O mais engraçado é que as brigas eram só de noite. Acho que eles arrumavam motivo de dia pra brigar de noite.

– Eu e o seu Vilson, o meu administrador, parecíamos dois bombeiros correndo pra apagar o fogo.

– E a maior ironia: a pior briga aconteceu por culpa do João Pedro.

– Culpa minha?

– É, sim, o pessoal já vivia em pé de guerra, e você inventou de trazer o Zelaio pra morar aqui na fazenda. Moço, bonito, solteiro e paraguaio, ainda por cima. Foi a gota.

– Foi mesmo. Importei o paraguaio pra me domar os cavalos, e foi a maior besteira. Mas como é que eu podia adivinhar?

– Não estou entendendo nada. O pessoal aqui toma tererê, como os paraguaios, falam palavras em guarani, como os paraguaios, e não gostam deles? Ou esse tal aí era um bandido?

– Não, não, é um rapaz bem educado, de fino trato, continua na fazenda até hoje, já faz quase três anos. Você conhece, Cid: o Zelaio encilhou os cavalos para nós, hoje de manhã. E nem é tão paraguaio assim, é fronteiriço, fala português. O pessoal aqui da região realmente não gosta dos paraguaios, não me pergunte por quê, mas acho que essa não foi a principal razão da briga, não é Luiza?

– Não, foi só um agravante. Se eu bem me lembro, o Zelaio chegou aqui na fazenda bem no dia da festa de São João. Teve até baile. Foi ali que tudo começou, não foi, meu bem?

– Acho que sim. Espera aí.

João Pedro toca uma pequena sineta de cobre, e Angelita logo aparece na sala.

– Angelita, o seu Vilson está na cozinha?

JURA DE MORTE | 115

– Está, sim senhor.

– Ela já jantou?

– Já, sim senhor.

– Então peça pra ele vir aqui.

– Sim, senhor.

Angelita sai.

– Vamos pedir pro seu Vilson contar a história. Ele deve saber todos os detalhes.

– Grande idéia! Você vai ver, Sandra, que maneira gostosa eles têm de contar os casos. Vocês vão se divertir muito.

Seu Vilson entra, chapéu na mão, bigode branco no rosto curtido de sol.

– Chamou, seu João Pedro?

– Seu Vilson, o senhor tá lembrado como começou a briga entre o Zelaio e o Afonso?

– Lembro bem, sim senhor.

– Foi numa festa de São João, não foi?

– Isso mesmo. Zelaio recém tinha chegado por aqui.

– Então senta aí e conta esse caso pra gente, seu Vilson, que a Luiza e eu não lembramos direito. Além do quê, o senhor gosta de contar uma história, e conta como ninguém, é um verdadeiro mestre!

– Bem, gostar de contar um causo, em hora de folga, eu gosto mesmo.

– Quer um uisquinho? Ou uma pinga de barril?

– Uma pinguinha é bom pra limpar a garganta, seu João Pedro.

– Com gelo?

– Sem gelo, pra melhor sentir o sabor.

De copo na mão, seu Vilson senta numa cadeira. Toma um grande gole, tosse, pigarreia, se ajeita:

116 | NOVELAS, ESPELHOS E UM POUCO DE CHORO

– *O galpão era grande demais pra uma lâmpada tão pequena, pendurada lá em cima no teto, de modos que tava tudo meio no lusco-fusco. Grande demais pra uma lâmpada só, pequeno pra animação da gente que dançava ao som de uma típica: sanfona, dois violões e até um pandeiro ritmando. Chamamê, polca e rancheira, dançava moço, dançava velho, ninguém parava quieto. Os pares rodopiavam no salão com gosto, alegria e paixão, que o sanfoneiro tocava assim, a bem dizer, como um demônio. Nesse ritmo ia o fandango, quando a porta se abriu e entrou o Zelaio. Chegava a alumiar, de tão elegante, o traje bem arranjado, fivela de prata no cinto, o chapéu bem formado e escovado, a camisa recendendo a água de lavanda. Entrou, parou na porta, e de primeiro ficou só observando, por ser homem precavido e de bom trato. Olhou, olhou, e olhava pras mãos das moças, em busca de aliança, que era recém-chegado e precisava se situar. Olhou pras moças, mas tirou uma velha primeiro – a Maria Chica – pra não parecer rompante. Depois virou pro lado das crianças e dançou com a Leninha, que ficou toda contente. Muito atencioso e fino, como se via pela dança: compassada e sem alarde. Eu mesmo servi cerveja gelada pra ele, e digo que o Zelaio bebeu com educação e não provou a cachaça que andava de mão em mão, naquele chifre que o compadre Justo sempre leva nas festas. Ficou só um pouco alegre, e logo tava fazendo trova e dizendo verso. Coisa bonita de se ouvir, todo mundo gostou, só que o danado falava e olhava pra Angelita, como se versasse só pra ela. Parecia enfeitiçado por aquele olho negro e brilhante. Nesse ponto eu abro uma chave, pra dizer que o Afonso andou errado, se não queria que o paraguaio se engraçasse com a namorada-quase-noiva dele, então que ficasse do lado dela, valsasse com ela, em vez de ficar grudado no chifre do compadre Justo. Fecho a chave. Como é que o recém-chegado podia saber do compromis-*

JURA DE MORTE | 117

so de Angelita com Afonso, se ela não tinha rodela no dedo? Vai
daí, o Zelaio esperou uma rancheira valseada e tirou a Angelita
pra dançar. Todo mundo sabia, desde as pedras do chão até as
pulgas dos cachorros, que a morena gostava mesmo é do Afonso,
mas aceitou dançar com o paraguaio só pra fazer fusquinha pro
namorado, que em vez de namorar com ela, namorava o chifre.
Na minha opinião, sem querer ser opiniático, eu acho que o Afonso nem ia fazer nada, ia esperar acabar a dança e ia tirar a
Angelita da festa e pronto, acabava-se tudo. Culpado do sucedido, a bem da verdade, foi o tal de todo-mundo. O baile como que
murchou, e todo mundo dê-lhe virar o olho do Zelaio pro Afonso, do Afonso pra Angelita, da Angelita pro Afonso, do Afonso pro
Zelaio. A bem dizer, botaram o Afonso no compromisso de mostrar que era touro, é ou não é? Pois bem, o Afonso, que tá mais
pra zorro que pra touro, esperou a dança acabar, passou a mão
num chicote que tava ali pendurado, e se veio pra cima do Zelaio,
num passo só. Nem apresentou razão, nem nada, só girou o chicote no ar e baixou no lombo do paraguaio. Acontece que nem
todo mundo gosta de dar o lombo pra curtir, muito menos o re-
cém-vindo. E, se nem o Afonso nem ninguém tinha reparado, eu
tinha: o Zelaio trazia no costado, atravessada no cinto, só o cabo
pra fora, uma cortadeira de prata, de estimação. Não disse água,
nem sal, nem nada, só desembainhou ela num átimo e riscou o
braço do Afonso, que tinha levantado o chicote e já vinha descendo ele de novo. Diz que a vista de sangue provoca alteração.
Pra mim, é o cheiro. O cheiro do sangue me enche as ventas e me
dá um estremeção nas tripas que é um tranco. Gritei bem forte:
"Não desatine, paraguaio! Guarde a faca!". Ele parece que sentiu a força do meu grito, pois parou a faca no ar e não furou o
Afonso. E podia ter furado, inda mais que o Afonso bambeou as
pernas quando sentiu o frio da faca no braço, deixando o bucho

NOVELAS, ESPELHOS E UM POUCO DE CHORO

bem no jeito da cortadeira. A parada do paraguaio foi bem na conta certa dos homens pularem em cima dele. Tiraram a faca, seguraram firme, mas a bem da verdade, não era mais preciso. O Zelaio, depois da parada, já tava enxergando de novo, senhor de si, e não tinha mais vontade de furar ninguém. Compreendeu que a situação não era dele, afrouxou o corpo, pediu pra eu guardar a cortadeira de prata, que era bem de família, pediu pra largarem ele, largaram, e ele foi saindo, devagar mas altaneiro. O Afonso, que tinha ficado olhando o braço como quem nunca viu sangue, levantou a cabeça e gritou: "Ache o seu rumo, paraguaio dos inferno, que se você ficar neste sítio vai virar carniça! Tá jurado de morte!". Zelaio parou na porta, olhou por cima do ombro, e disse: "Não fujo de peleia. E não se chicoteia um homem sem explicação. Fico aqui até o dia que Deus quiser, pra lhe ensinar isso". Falou, e saiu. Todo mundo ficou engolindo devagar o que o homem disse, que era verdade, e sendo verdade é duro de engolir. Não se dançou mais, só se remoeu o sucedido pelos cantos, até que uns começaram a dizer que o paraguaio tava certo, os outros que o Afonso é que tava certo, um deu um empurrão daqui, outro dali, e se eu não apago a luz e mando todo mundo embora, tinha acabado em desgraça. Depois desse dia, muita briga foi brigada por causa desse sucedido e, pra terminar o causo, vou dizer que eu, Vilson de Souza, tomei o partido do Zelaio, aqui dentro da minha cabeça. É meu modo de pensar, sem ofensa de quem pensa diferente. Não comentei isso nunca com ninguém na fazenda, que minha posição é de mando, mas não é porque alguém é forasteiro e paraguaio que não tem razão.

Seu Vilson termina a pinga de um gole, estala a língua para arrematar, estica as pernas e se levanta. Cid e Sandra se entreolham, sem entender.

JURA DE MORTE | 119

— Espera aí, seu Vilson! O que aconteceu depois?

— Depois? Bom, a Angelita não quis mais se casar com o Afonso. Também não casa com o Zelaio, que ficou gostando dela, não sei se pra não desequilibrar a balança, ou se porque não gosta de nenhum dos dois. A senhora que é mulher deve entender isso melhor do que eu, dona Sandra.

— E o resto da história? E a jura de morte? O senhor não contou o desfecho da briga, que é o mais importante!

— Bom, se eu não contei é porque ainda não desfechou, não senhora.

— Não? Mas como, não? Por que não?

— Isso eu não sei, não senhora. Seu Vilson faz um olhar vago. — Com sua licença, eu já vou me recolher, que amanhã tem uma boiada pra castrar logo cedo. Boa noite.

— Boa noite, seu Vilson. Olhe, amanhã vou levar meus convidados para assistir a castração.

— Sim, seu João Pedro, com muito gosto. Vai ser festa grande.

Seu Vilson coloca o chapéu na cabeça e sai, João Pedro serve mais uísque para todos.

— Castração aqui, minha gente, é farra, festa, acontecimento social! Os peões fazem da castração um verdadeiro torneio de coragem e de habilidade: laçam, pegam boi a unha, montam como nos rodeios. É imperdível. Ah, sim, também vão poder provar testículo de boi assado na brasa. Uma iguaria...

— Mas isso é um horror, uma judiação! Eu desmaio vendo uma coisa dessas. Coisa primitiva, onde já se viu, castração virar festa e testítulo virar comida?! Castrar não é cortar o saco do bicho?

— É. No começo você vai ficar um pouco impressionada, Sandra, mas depois passa. É que nem ver uma tourada na Espanha. A gente acha horrível, bárbaro, mas quando vê está gritando e vibrando, querendo ver sangue. A Luiza que o diga. Pouco ou muito gelo, Cid?

— Muito. Mas me diz a verdade, João Pedro: como é que terminou a briga entre os tais Zelaio e Afonso? Teve ou não teve duelo?

João Pedro dá um sorriso satisfeito.

— Não terminou, Cid. As brigas acabaram, antes da história dos dois acabar. Não se briga mais aqui na fazenda. Está todo mundo manso.

João Pedro vai até à janela:

— Venham cá ver uma coisa. Olhem lá pros lados da colônia. É de noite, mas está tudo quietinho, cada família dentro da sua casa, silêncio, tranqüilidade, paz. Não tem vai e vem, não tem mais briga.

— Não estou entendendo, João Pedro... Explique, por favor, o que foi que aconteceu?

— Está bem, está bem, eu explico. — João Pedro ri, diante da cara de interrogação dos amigos. — Bom, a briga entre Zelaio e Afonso foi uma verdadeira calamidade, porque se alastrou que nem epidemia de peste. A gente chegou ao limite, não é, Luiza?

— É, não dava mais para agüentar. O Afonso não tinha coragem de enfrentar o Zelaio de frente, de costas não podia porque ia pegar muito mal, o Zelaio se aproveitava disso — e ainda se aproveita, verdade seja dita – para namorar a Angelita, o resto do pessoal formou dois partidos, todo mundo esperando o duelo, enredando, fazendo o ódio crescer...

— E o pior: não se trabalhava direito, e o prejuízo era meu! Pois bem, justamente nessa época, veio me visitar um velho amigo, o Raul Fonseca. Vocês se lembram dele?

– O banqueiro?

– Ele mesmo. Já está velho, anda pelos setenta e tantos. Um bom amigo. Ele é banqueiro, mas tem uma fazenda no Pantanal há muitos anos.

– É mesmo? Não sabia.

– Pois é. O Raul chegou aqui no auge da crise Zelaio/Afonso, e me ensinou o que eu devia fazer para acabar com as brigas dos empregados. Uma coisa simples, mas eficiente. Eu duvidei, achei a coisa toda muito louca, mas ele me jurou que dava certo. Já tinha feito na fazenda dele, já tinha recomendado para outros fazendeiros. Custava um pouco caro, o resultado demorava um pouco para acontecer, podia levar até uns seis meses, mas valia à pena, porque era garantido. Então eu resolvi tentar. E deu cem por cento certo, como vocês podem ver. Acabaram-se os problemas.

– Ah, João Pedro, fala logo, pára de fazer suspense! O que foi que você fez?

– O que eu fiz? João Pedro faz um ar de mistério e, num gesto conspiratório, junta os amigos para poder falar baixo, sem ser ouvido na cozinha. – O que eu fiz foi muito simples: coloquei um aparelho de televisão na casa de cada um!

A FIEL

Rosani Madeira

Não tem como evitar, ela chega. Nunca falha. É algo com gosto de saliva seca amanhecida e tem volume. A massa mole e pegajosa vai inchando até ocupar a sala inteira, penetra cada orifício do corpo. Cresce, invade, sufoca lentamente. Angústia. O pior é que essa porra de angústia bate sempre na mesma hora, às seis da tarde. Tem a ver com o relógio, sim, mas essa porra de angústia também tem a ver com o maldito domingo. Angústia de fim de tarde de domingo.

Faz um ano que a Dirce sofre com esse troço. Nunca quis procurar médico, nem dividir a aflição. Na verdade, só uma vez. Achando que estava perto de enlouquecer, desabafou com uma amiga, que apostou um milhão como a coisa ruim era "encosto" brabo de alma sem rumo, daquelas que demoram a entender que morreram. Há quem explique que alguns espíritos se negam a aceitar a passagem para o outro plano. E vão ficando, atrapalhando, passam dias, meses num mesmo lugar atazanando a vida de pessoas vulneráveis como a Dirce, sugando devagarinho a energia de infelizes mortais feito a Dirce.

A amiga também martelou que o troço que a Dirce sente não chegou assim, sem mais nem menos. Tá certo, a Dirce é fácil de dominar mas, continuou a amiga, quem deixou o "obssessor" do além grudado na alma da Dirce só podia ser o endemoniado do Fred. Aquele sacana do Fred a quem a Dirce, teimosa e tola, continua se referindo como *meu homem*. O Fred sumiu já faz um ano.

O Fred sumiu numa quinta. Três dias depois, um menino veio entregar a pequena mala de roupas que a Dirce deixava no apartamento do namorado, nas noites em que ele passava acordado com crise de asma. O Fred sempre chamava a Dirce nessas horas, precisava que ela ficasse lhe abanando e fazendo massagem nas costas, na altura dos rins. E ela ficava a noite toda sentada na beira da cama, massageando as costas dele e abanando. Acalmava. De vez em quando, o Fred cochilava e dava tempo da Dirce preparar um chá forte de sálvia e colocar numa bacia perto da cama, pra ele inalar o vapor. Simples e santo remédio, receita herdada da avó que mexia com ervas e tirava muita criança da crise de asma.

Aos poucos o Fred ia melhorando. Era raro as crises de asma durarem mais de uma noite. Geralmente começavam no entardecer e na manhã seguinte não sobrava o menor chiado no peito, só as olheiras negras pelo esforço da respiração curta e as pupilas dilatadas por causa do comprimido de corticóide.

Quando o Fred estava bem, era na casa da Dirce que ele dormia. Isso quando não tinha jogo do Corinthians no Pacaembu claro. Fred dizia que não existe cartão postal de Sampa mais autêntico do que o Pacaembu cheio em noite de jogo do Coringão. No verão, então, tinha especial magia. Nas noites quentes de jogo do Coringão no Pacaembu, o Fred esticava até altas horas num bar com a turma. Turma da uniformizada, gente trabalhadora e gente da pesada. Todos irmãos na paixão alvinegra e cega.

O Fred jurava: não ia mulher nas esticadas no bar. Nem durante nem depois do jogo tinha mulher. Quando o Fred jurava, fazia uma cara de quem não sabe convencer de outro jeito. Aí ele prometia um dia levar a Dirce no jogo e nas esticadas da corintianada. Só prometia.

Dirce sorri melancólica pela primeira vez durante o surto da porra da angústia do fim de tarde de domingo. Ela acreditava no Fred. Acreditava piamente em tudo o que o homem dela falava um ano atrás, antes daquele menino aparecer com a pequena mala de roupas.

A malinha voltou sem nenhum bilhete, sem a menor pista de consideração. Quando já estava desistindo de procurar um sinal do Fred na mala, Dirce lembrou do menino carregador e saiu correndo – com certeza ele sabia do paradeiro do namorado. E mesmo que o moleque tivesse recebido um troco do Fred pra não abrir o bico, a Dirce ia apertar até ele contar.

Dirce desceu do elevador na portaria. O porteiro apontou o rumo tomado pelo entregador: lá pra cima. Dirce correu, subiu a rua até o ponto de ônibus. Viu um grupo de pivetes judiando de um gato de pêlo tigrado. Eles encurralavam o bichano, o pivete mais velho erguia um pedaço de pau na altura da cabeça, ia baixar com força no bichinho. Dirce chegou a tempo. Gostava de gato, mas queria mesmo era conferir se o menino entregador de mala estava naquela sessão de cruel tortura. Não estava. Ninguém viu. O gato conseguiu escapar.

Dirce ficou parada, desorientada mesmo, no fim da rua, ali perto do ponto de ônibus. Do outro lado dava pra ver os três esqueletos de prédios da obra dos mutirantes. A obra estava vazia porque era segunda-feira – mutirante só trabalha na obra nos fins de semana. Nada de menino, nem na obra, nem no ponto de ônibus. Parece que ele veio de bicicleta, lembrou o porteiro mais tarde.

A Dirce nunca mais soube do menino entregador da pequena mala. Ficou sem notícia do Fred, que jurava de pé junto que não tinha mulher nas paradas com a turma depois do jogo. Vai ver, não tinha mesmo. No dia seguinte ao do jogo, a Dirce tomava a lição do Fred, fazia chamada oral sobre a partida: escalação dos dois times, pênaltis inexistentes marcados, pênaltis indiscutíveis não marcados, placar, quem fez gol, renda, público, substituições. Ela tinha tudo anotado antes, enquanto escutava o jogo pelo rádio. E o Fred respondia tudo como tinha sido mesmo. Respondia todo orgulhoso da namorada, que já estava entendida de futebol mais do que muito marmanjo. E nem assim a Dirce conseguiu ir num jogo no Pacaembu junto com o Fred. Ela queria ficar perto do homem dela.

A Dirce não era mulher de implorar, gostava, sim, de agradar o Fred. Um dia, comprou uma televisão novinha pra ele, daquelas que vêm com vídeo junto, que dá para gravar o jogo e rever lance por lance em câmera lenta, ver replay do replay dos gols de cobrança de falta do Marcelinho, aquele chute de três dedos que faz um arco-íris na trajetória e a bola vai caindo inexplicavelmente e encaixando na gaveta sem a menor chance de defesa para o goleiro adversário. Quando viu o presente, o Fred ficou sem graça, todo esquisito e não aceitou. Decidiu que a televisão tinha de ficar na casa da Dirce, na sala. E encerrou prometendo assistir junto com ela a todos os jogos do Coringão que passassem na TV. Para sorte da Dirce, o pessoal da emissora descobriu que transmitir jogo do Coringão levantava a audiência. E todo domingo passou a ser dia de futebol, tarde de jogo do Coringão pela TV.

Dava gosto assistir à transmissão do jogo no domingo à tarde com a Dirce, babava o Fred para os vizinhos. Ela não desgrudava os olhos da partida, se antecipava à marcação do juiz e acertava até mais do que o comentarista da emissora. Nessas horas, o Fred ficava louco de tesão por ela. Tesão que segurava até o final do jogo para, aí sim, fazer todos os agrados do jeito que a Dirce gostava.

Imaginem, continuava o Fred a se exibir, que a Dirce virou corintiana! E a Dirce completava sem a menor nostalgia: já fui palmeirense um dia. E o Fred concluía: isso é amor. E essa é a maior prova de amor pra um homem. Depois o Fred avacalhava: a minha Dirce não é besta, se pensar em torcer pra outro time, perde o gostosão aqui, essa traição ele não ia engolir.

A Dirce não era besta, era apaixonada pelo Fred. Louca pelo seu homem, que foi embora faz um ano sem deixar vestígio. Que assistia com ela o jogo do Coringão pela TV no domingo de tarde. Que deixava ela sacudindo no sofá de tanto prazer, depois do jogo.

Depois que o Fred sumiu, nunca mais a Dirce assistiu jogo nenhum pela TV no domingo à tarde. Não sabe mais a escalação dos times, se teve pênalti, se o Marcelinho continua acertando o chute.

A Dirce nunca mais ligou a televisão. Vendou e amordaçou o aparelho. Lá na estante, permanece estático, inútil. Todos os móveis da sala já foram mudados inúmeras vezes. O sofá agora fica de costas para a televisão. Tudo na sala foi mudado de posição. Menos a desprezada televisão.

A grande merda é que o relógio interno da Dirce sabe exatamente a hora do final do jogo no domingo, lá pelas seis da tarde. O relógio interno dela avisa: são seis da tarde.

Hoje, a Dirce sente esse troço ruim, essa porra dessa angústia sempre na mesma hora do domingo. Também sente saudade, vontade, tristeza profunda. Nada parecido com aquela baboseira de encosto de alma sofredora. Alma sofredora só a dela, e sempre na mesma hora.

E naquela hora, mais de um ano atrás, quando o Fred fazia o que a Dirce gostava, ali no sofá, depois do final do jogo, quem mandava era ela. E mesmo que a amiga diga que a Dirce é fácil de dominar, naquela hora, às seis da tarde de domingo, no final do jogo da TV, quem dominava era a Dirce. Naquela hora, o Fred era o homem dela e fazia tudo do jeito que ela gostava.

A Dirce nunca mais soube nada, nadinha do filho da puta sem consideração. Ela até admite que o Fred não merece mais uma lagrimazinha sequer.

Mas até hoje, quando alguém pergunta qual é o time do coração dela, a Dirce, orgulhosa, responde: Corinthians até a morte.

TODA GAIOLA ESTÁ ESPERANDO UM PÁSSARO

Claudio Barbuto

Fausto resolveu se suicidar. Era o fim da história, da arte, das ideologias e do *slow food*. Amores incertos e descontrole geral. E os amigos o acusavam de ser um chato controlador. Pegou o bloquinho: dos dezessete amigos mais próximos, quatro o acusaram. Com pouco mais de 23% de manifestações negativas, definitivamente não dava para afirmar que era um chato controlador. Melhor ficar sozinho nesse mundo.

Mas a solidão tem um preço. Quem iria encontrar o corpo? A solução, pensada e repensada, foi deixar o suicídio para aquela sexta-feira. Dia da visita do técnico que cuidava da antena coletiva do prédio. A sua TV era a única com fantasmas.

Tudo estava em ordem em torno da mesa. O vermelho da borda do cesto de lixo combinava com o vermelho da cadeira estofada. E as teclas vermelhas do telefone e o vermelho do pijama faziam coro. Boas escolhas. O veneno seria misturado com suco de caju ou licor de cassis? Venceu o cassis. Fausto estava ciente que essa escolha o levaria a perder alguns pontos no curso de economia doméstica das quartas. Mas o ganho em dramaticidade compensaria.

Em meio a vermelhos, o do cassis se aproxima da boca. E a campainha toca. O técnico chegou antes.

— Bom dia, sou da Anhanguera Vídeo e TV...

— Chegou cedo.

— Melhor do que tarde. Esse é o meu lema.

— Volte daqui a dez minutos, por favor.

— Está refletindo?

— Não, já está decidi...

— A TV. A TV está refletindo a luz da janela. Fica ruim de enxergar. Devia mudar de lugar.

— Isso nunca me incomodou, sinceramente.

— Muda e o senhor vai ver como estava incomodando. A vida é assim.

Adiar o suicídio tudo bem, mas agüentar o técnico com sua filosofia...

Afora as peculiaridades.

— Evangélico?! Bem, é o primeiro técnico de TV evangélico que conheço.

— Não diria que sou. Mas freqüento a igreja. Principalmente de sexta-feira. É que hoje é dia de exorcismo ao vivo. Ainda mais sendo dia 13.

Os fantasmas sumiram. O técnico *voyeur* de exorcismos trabalhou bem. De tão nítida, a imagem da TV parecia um espelho. No canal 13, ao vivo, uma entrevista com um cineasta palestino ou judeu, algo assim.

— Aposto que o cineasta vai insultar o entrevistador, quer ver?

— Tudo bem, seu Fausto. Se o senhor está falando...

E o cineasta realmente insulta. Fausto acha uma bruta coincidência. Muda de canal. Um documentário sobre um deserto, no canal 7.

TODA GAIOLA ESTÁ ESPERANDO UM PÁSSARO | 131

– "O homem não é a medida do universo. Muito menos de um deserto."

– Bela frase, seu Fausto.

– Não é minha.

E não é que o narrador do documentário repete a mesma frase dita por Fausto. Mas que dom é esse? Fausto estava antecipando tudo com apenas alguns segundos de vantagem.

– Você viu isso?

– Vi sim. Se o senhor acertar uma terceira, começo a rezar.

É o técnico que mantém apertado o botão de canais. O efeito é de roleta russa. No canal 66, um cantor popular termina sua música.

– "Um beijo no seu coração!", arrisca Fausto.

O cantor repete: "um beijo no seu coração!". A mesma frase proferida segundos antes por Fausto. A tecla power é apertada. O técnico sai em silêncio. Provavelmente desistiu do exorcismo de hoje à noite.

Fausto tira a TV da frente da janela enquanto reflete:

– Foi um castigo divino. O dom da premonição para um suicida. Inútil, simplesmente. Prever a própria morte nessa situação seria uma redundância. Tão perto. Tão longe. Contraditório. Melhor voltar ao suicídio, certo e seguro. Espera. E se...

A ganância falou mais alto. Saiu correndo para esses programas de perguntas e resposta com prêmios milionários. Afinal, ele antecipava as coisas. Poderia antecipar as respostas.

* * *

Fausto é sorteado e entra na cabine. O apresentador faz a primeira pergunta milionária.

– Valendo 20 pontos! Existe um lugar em Roma onde é perigoso colocar as mãos. Que lugar é esse? 30 segundos!

Nada. O apresentador insiste. Fausto fica pasmado. Como aquele dom durou tão pouco? Ele não antecipou a resposta.

— Tempo esgotado! Bocca della Veritá ou Boca da Verdade é a resposta. Diz a lenda que essa boca esculpida no século IV antes de Cristo, na parede de uma igreja, se fecharia sobre as mãos de quem contasse mentiras.

Algumas vaias e alguns aplausos. O apresentador chama o intervalo. Se Fausto errar a próxima, sai do programa. Ele confere seu desespero num monitor do estúdio. A gravata está uns 2 graus a mais para a direita.

— Agora chega a maquiadora e ajeita essa minha gravata.

A maquiadora se aproxima. Fausto detém sua mão, desesperado. Ele antecipou.

— O monitor! O monitor de TV!

— Primeiro o senhor solta a minha mão. Só ia arrumar a sua gravata.

— A TV! Estava olhando para o monitor de TV!

— É assim mesmo. Todo mundo remoça no vídeo.

Fim de intervalo. Nova pergunta. Dessa vez, Fausto acompanha tudo pelo monitor do estúdio. Olhar fixo. A resposta vem num sobressalto.

— Osmose! Osmose!

— Absolutamente certo!

Era isso. Fausto estava duplamente pasmado. Ele não conseguia antecipar a vida ao vivo. Só conseguia antecipar a vida mediada pela TV. Estranho dom. Estranha sorte.

Fausto começou a pensar no futuro. Como não dava para antecipar a vida real, melhor ficar mais tempo diante da TV. Melhor viver na certeza. Absolutamente certo. Médicos, cozinheiros, padres, advogados, gurus da internet e poetas não seriam fundamentais. Ao contrário do que aconteceria com técnicos de TV e antenas.

CONTROLE-SE

Paulo Cursino

pois um carro vermelho super econômico pode entrar num túnel seguido por um helicóptero da polícia de Los Angeles e sair peru saudável na mão da dona-de-casa mulata que poderia ser a minha esposa que não consegue mais me ouvir e prepara a ceia de natal do molequinho louro que acende um maçarico na cabeça do bandido de gorro de lã parecido com o que o torcedor fanático usa no estádio lotado para assistir ao grande clássico do rock desta noite naquele programa que nunca tem reprises ao contrário do canal de vendas que anuncia pela milésima vez a trincha que não espirra tinta no ralador de queijo que não corta a mão e a mão que não precisa ser usada para acionar o

SPEED CONTROL 2000 !

jogue todos os seus controles remotos comuns no lixo porque agora você pode ter em casa a fabulosa fábrica de chocolate no próximo sábado às vinte e uma horas no mesmo horário daquela série em que tem um monte de gostosas em câmera lenta correndo de maiô vermelho numa praia do tipo que só americano gosta de cada esporte estúpido feito o baseball e ainda tem o *superbowl* que é impossível de entender como o meu ato de ter comprado essa droga que não consigo mais tirar da cabeça daquele cineasta polonês que filmou uma trilogia baseada nas cores da bandeira da França que vai passar em seqüência no canal de artes que só presta no final de semana em TV aberta é uma desgraça porque não tem nada que agrade como o canal de desenhos que exibe clássicos japoneses como o Judoca, o Savamu e o Speed

CONTROL 2000 !

o primeiro projetado para ser controlado diretamente pela sua mente sem o uso das mãos permitindo que você mude de canal mais rápido que num piscar de olhos pois seu sistema de eletrodos aderentes à cabeça não prejudica o seu prazer de ver televisão erótica de qualidade só aqui no canal do sexo vinte e quatro horas por dia com as mulheres mais lindas e as histórias mais calientes que mexerão com as suas fantasias mais profundas que as análises que o crítico Décio Magalhães fez de toda a obra do Lima Barreto no livro "Triste Fim de Um Escritor Maldito" que está saindo pela editora Companhia do Pagode e Katinguelê ao vivo em apresentações imperdíveis no canal de shows que você pode usufruir no sistema pay per Seaview era o nome do submarino da série Viagem ao Fundo do Mar e a resposta da candidata está correta somando mais quinhentos pontos ela chega a

2000 !

o único controle remoto que possui o sistema NoBoring: um preciso medidor de atenção humana de última geração regulado pelas ondas cerebrais de quem estiver usando o controle passado remoto da história humana que foram descobertas pelos arqueólogos franceses do século dezenove aninhos é a idade da Garota de Ipanema desse ano que foi convidada para participar da nova novela das oito vítimas da chacina cinco eram menores de idade média foi uma época de trevas em que as pessoas não tinham liberdade de pensamento e a sociedade era regida pelos preceitos religiosos e pelos dogma 95 só esta noite no canal de filmes europeus não tomam banho como deveriam pois este é um costume índio das Américas que os colonizadores aprenderam com o passar dos anos minha mente vai se derreter com esse control

!

o NoBoring é o fim do tédio diante da TV pois ao primeiro sinal de que o usuário está insatisfeito este sistema muda de canal automaticamente sem que o telespectador perceba como as águas das praias da Micronésia são claras e despoluídas e vejam como os peixes nadam tranqüilos por entre as anêmonas que não são venenosas até que chega um tubarão da classe política que não faz nada pelo povo que é dominado pelos meios de comunicação e são cada vez mais controlados pela mídia que empurra produtos inúteis goela abaixo de consumidores desinformados e infelizes que ficam prostrados diante da TV sem questionar e sem adicionar um só botão

ligue agora e fale com uma de nossas atendentes

esta é mais uma promoção do grupo de jovens que fizeram uma passeata em 1968 na famosa Primavera de Praga e que queriam mudar o mundo com ideais de liberdade e igualdade e Irene Jacob abraçando um belo cão amarelo no meio da rua e que pena que eu peguei esse filme começado pois ele é tão bom que vou continuar assistindo e depois eu vejo como se desliga esse troço no qual eu não posso nem pensar em

SPEED CONTROL 2000 !

Sessão da Tarde

Patricia Castilho

A pele estava toda esticada por causa do frio. Dava vontade de passar um pote inteiro de hidratante no rosto e nas mãos ásperas e duras. O nariz, em permanente estado de alergia, era o termômetro desagradável da mudança de estações. O ar que raspava as narinas prenunciava um inverno seco e sem chuvas. A poluição chegaria a níveis insuportáveis, como em todos os anos passados aqui. Sofreriam os pulmões, principalmente os das crianças e dos velhos. O rodízio de carros, já desnecessário, atingiria todos os finais de placa, em todos os dias da semana. Depois disso, nada mais haveria a ser feito, a não ser implodir a cidade.

Hordas de migrantes invadiriam as terras mais próximas, em busca de um alívio para seus olhos ardentes da poeira preta que não baixava mais. A desordem estaria se transmutando para o interior e para o litoral, provocando alta de preços e descontrole social. Novos empregos gerariam uma massa de desempregados por causa de sua nova inaptidão para os novos cargos criados, manchando as ruas com a sujeira dos desocupados.

A cidade cinza e seca, vazia, foi deixada para trás. Apenas as indústrias insistiam em despejar nuvens de fumaça densa pelos ares que a engolia com prazer. Pessoas tísicas tristes saíam de seus interiores depois de bater seus cartões desdentados. A cidade arquejava para sobreviver de seus próprios escombros.

A sombra da morte escurecia a luz do sol que surrava contra a parede sólida de poeira seus raios violentos que tentavam inutilmente penetrar pelas frestas do verde sobrevivente. Mas a secura era tanta que as folhas já pálidas com a falta de luz não processavam em seus caules sua seiva. Formigueiros gigantes tomavam conta de qualquer pedaço de terra, elevando seus andares às alturas das casas abandonadas. Seres famintos invadiam e saqueavam lares e lojas à procura de suprimentos para suas barrigas eternamente roncantes, disputando restos de latas com baratas e ratos cinzentos. Estes eram os heróis do crepúsculo, os que ficaram para trás. O que ali sobrava já não valia nada. O lugar cheirava a cadáver, caos, inaptidão humana.

Entrei na loja de cosméticos e vasculhei as prateleiras em busca do umidificador de pele mais poderoso que as indústrias de beleza haviam criado. As misturas de ingredientes supostamente naturais prometiam o alívio de minha superfície epidérmica ressecada. Comprarei apenas aquele que não testa sua química em animais indefesos, vítimas involuntárias aprisionadas por laboratórios multinacionais que agora tentavam se apropriar da sabedoria indígena em busca de fórmulas amazônicas para produtos milagrosos.

Passei o creme molhado que escorregou na pele craquelada como terra de seca nordestina que aguarda a chuva que absorveu o remédio e ficou com seus poros abertos delirantes pedindo por mais. Nem um sinal de chuva. A asfixia tomava conta da cidade bolha.

Era impossível sobreviver sem o auxílio de máscaras de oxigênio. Tubos de ar levavam aos habitantes daquela cidade devoradora o que lhes deveria ser dado sem esforço. O ambiente rarefeito de moléculas despoluídas era agora reciclado e vendido em kits arco-íris anunciados por mulheres de bundas abundantes de excessos ansiados por pessoas desejosas de ar puro. Crianças vestiam-se de tubos astronáuticos lúdicos brincando em suas escolas protegidas de um futuro desprovido de ar natural.

As campanhas publicitárias atingiam novos recordes de faturamento com suas estratégias de ar entubado multicolorido, brilhante, esvoaçante, refrescante. Nunca se vendeu tanto ar como naqueles dias sufocantes. As crianças dos faróis não ofereciam mais suas caixinhas de chicletes nem pediam mais moedinhas para o almoço. Suplicavam enroladas em panos sujos de poeira por um pouco do ar restante. E ninguém renunciou aos seus carros importados carros fumaçantes ambulantes.

Subi no meu velho Jeep e fui para a agência criar mais uma campanha. A vida é vender. Sequei meu nariz alergético em mais um lenço Kleenex que acumulou-se na montanha de eucaliptos decepados a meu lado. Suspirei profundamente por minha contribuição à devastação ecossistemática e aspirei por um pouco de inspiração. Minha garganta inflamava na pedida de alguns dias mentolados ao luar refrescante das ondas de uma maré mais do que distante.

Em frente à minha mesa o atendimento me olhava seriamente preocupado com suas entranhas ulceráticas que borbulhavam alimentos industrializados processados na digestão

NOVELAS, ESPELHOS E UM POUCO DE CHORO

automática do fechamento milionário das contas dos clientes pagantes por criações mirabolantes. A cifra clientela faturada ansiava pelos restos dos anais de minha criação emblemática. Olhei para o branco profundo do papel à minha frente com a testa já brilhante do suor calafrizante que lançou mais um sinal ao meu corpo cansado.

Meu quarto, meus travesseiros de plumas brancas, fronha branca, lençóis perfumados pelo ferro de passar. O frescor cem por cento algodão. O edredon de dez centímetros de espessura de calor envolvente. O remédio em solução me leva para uma Sessão da Tarde suavizante me salvando de um dia entediante. Maravilha. Tarde dormida na frente da tv ao som do trabalho alheio. Musicais e milagre. Gene Kelly dançando na chuva. Chá das cinco. A empregada me chama e se vai deixando um rastro de vapor aromático das ervas frescas do bule porcelana sobre a bandeja a meus pés.

Letargicamente acordo com cifras reais em pé na minha frente. Esboço uma idéia frágil de chás, compras e contas a pagar. AAS infantil, aspirina, novalgina, vitamina C. O atendimento ainda me olha e perfura o sono e meu silêncio querendo sugar o que ainda resta de mim para entregar a seus clientes.

O ar que nos separa não é suficiente para dois. Inspiro ferozmente e brigamos pela sobrevivência vital. Suas narinas se dilatam e revelam cavidades monstruosas capazes de arrancar de mim a última gota de meus pulmões. Estico os braços num esforço final alcançando a gaveta que se abre e procuro com minhas mãos encontrando a arma. O duelo chegará ao fim. Mostro-lhe o lápis de ponta afiada e o deslizo sobre o papel que risca grafite. Deadline. Venci.

Suspiro, inspiro, espirro. Trabalhar com febre não é fácil. A montanha de lenços Kleenex recomeça sua escalada vertical.

BEIJO DOCE

Alessandro Marson

Jocimar, enquanto lambia o envelope, pensava: vou ganhar. Foi ao correio, depois de conferir sete vezes se havia respondido corretamente qual é o chocolate que faz da sua vida uma doçura. Beijo doce. A resposta estava certa. Como era certo que ganharia aquela viagem para Fortaleza. Três dias e quatro noites com Afonso, a lua-de-mel que nunca tiveram. Tudo maravilhoso, como nas novelas.

Nem falou nada para Afonso. Faria surpresa. Nossa, ele vai ficar tão feliz! O sorteio seria no domingo, antes do dia dos namorados, no programa do Sérgio Almeida. Jocimar, enquanto voltava da agência do Correio, fazia planos, contando com a vitória fácil. O difícil seria controlar a ansiedade até o dia do sorteio.

Não foi difícil e Jocimar até acabou esquecendo. Enquanto trabalhava no salão, nem se lembrava de sorteio nenhum. Pensava em cabelos, tesouras e xampus, como convinha. No sábado foi até a padaria da esquina e viu um cartaz do Beijo

Doce. Lembrou que o sorteio seria no dia seguinte. Olhou para o cartaz por um tempão. Um casal de adolescentes, rindo, numa praia, tomando água de coco. Como será que se chamariam? Patrícia e Renato, teve certeza. Mas não seriam Patrícia e Renato que iriam para Fortaleza. Seriam Jocimar e Afonso. Comprou um Beijo Doce e saiu comendo pela rua. Passou em frente à construção e ouviu gracinhas.

Afonso era porteiro de um prédio, por isso não estava em casa no domingo do sorteio. Jocimar estava. Ligou a televisão. Concurso do bumbum mais bonito. Entrevista com artista de novela. Um cantor... não, era uma cantora. Câmera escondida. Pegadinha. Ai, quanta demora. Comeu mais um Beijo Doce. Era agora. Os sentidos conectados na televisão. Todos os cinco, não, o paladar, o tato e o olfato estavam ocupados com o Beijo Doce. Mas a visão e a audição estavam na tela.

Nem acreditou quando o Sérgio Almeida disse o seu nome! Dona Jocimar e seu Afonso, vocês acabaram de ganhar uma viagem para Fortaleza! Dona Jocimar! Tremedeira nas pernas, ataque de riso, crise de choro. E agora? O que iria acontecer? Será que alguém iria telefonar?

Telefonaram.

— Alô, é o seu Afonso?

— Não, é o Jocimar.

— Ah, desculpe dona Jocimar...

— Não é dona Jocimar, moço. Eu sou o Jocimar.

— Mas...

— Desligaram o telefone.

Na segunda-feira Jocimar foi até a produção do programa. Afonso ficou fulo com a história. Disse que era uma palhaçada, que não iria aparecer na televisão com Jocimar. Podia perder o emprego. Mas Jocimar bateu o pé. Onde já se viu, não era burro. Leu o regulamento do concurso e não tinha escrito em nenhum lugar que o casal tinha que ser um casal de homem e mulher. Ele e Afonso viviam juntos há mais de cinco anos, na mesma casa, dormiam na mesma cama e faziam tudo mais. Eram um casal. Quando disse isso para o pessoal do programa, que ligou de novo no domingo, ouviu risinhos. Não se intimidou. Rodou a baiana, disse que ganhou e que iria viajar com Afonso. Sua carta foi sorteada e eles ganharam. O pessoal da TV pediu para ele aparecer na segunda-feira às quatro, para uma conversa com a equipe de marketing do Beijo Doce.

Afonso passou a madrugada de domingo para segunda tentando fazer Jocimar mudar de idéia. Podia conseguir um dinheirinho, que seria muito bem vindo. Não fazia questão nenhuma de ir para Fortaleza, nem tinha folga nessa semana. Em vão. Nenhum argumento conseguiu fazer Jocimar desistir. Iria para Fortaleza, de avião. E Afonso iria junto.

Na sala de produção, o engravatado foi logo começando a falar.

— Jocimar, não nos entenda mal, mas esse concurso foi pensado para um casal de namorados. Não é nosso interesse associar o nome da empresa a um...

— Viado? Perguntou Jocimar, já com a mão na cintura, percebendo um constrangimento no ar. Eu ganhei, minha carta foi sorteada e eu vou para Fortaleza com o Afonso, emendou, definitivo.

A produtora do programa tentou argumentar. Disse que não era preconceito, mas que seria muito complicado aparecer um casal de homens em um programa de auditório dedicado à família. Não podia. Além do mais, o programa havia

144 | NOVELAS, ESPELHOS E UM POUCO DE CHORO

planejado fazer a cobertura da viagem, mostrar os namorados se beijando na praia, andando de mãos dadas, tomando água de coco e rindo em frente à mesa de café da manhã. Tinha que ser um casal casal.

— Mas não pense que o senhor vai ser lesado. O Beijo Doce patrocina uma viagem para o senhor e para seu... companheiro, para Fortaleza, conforme foi combinado.

— Só não vamos mostrar na televisão. Não pode, o programa é família.

— O senhor não vai perder nada. Só queremos evitar uma exposição embaraçosa, vai ser melhor assim, inclusive para o senhor.

— Além disso, o senhor e seu... companheiro, terão direito a uma indenização.

— Se o senhor preferir outra cidade, ao invés de Fortaleza, tudo bem, pode escolher. Mas tem que ser no Brasil.

— A data da viagem também pode ser escolhida livremente, viu?

— Nós não temos nada contra, mas o senhor entende, não é? O programa passa no domingo a tarde, não podemos exibir um casal de homossexuais, como se isso fosse normal. Teríamos problemas sérios. Além disso, o senhor ficaria em uma situação delicada, poderia ser agredido na rua.

Falaram, falaram e falaram. A proposta era: Jocimar viajaria para Fortaleza, com o Afonso. Só não iriam mostrar na televisão.

— Mas, e o nome? O Sérgio Almeida falou o meu nome e o do Afonso no domingo.

— Nós contratamos um casal de atores para substituir vocês.

— Sei...

BEIJO DOCE | 145

Jocimar foi para casa. Pensou, pensou e pensou. Afonso ficou feliz com a solução. Além disso, ia ter uma tal de indenização. Dinheiro. No domingo que vem, um outro casal iria aparecer no Sérgio Almeida. E eles iriam para Fortaleza, de avião. Com tudo pago. Muito bom, muito bom mesmo.

Mas, não era a opinião secreta de Jocimar. Estava inconformado com a história. Sentia-se lesado, por mais vantagens que tivesse conseguido. Afinal de contas, teria a viagem, teria dinheiro, teria tudo. Mesmo assim, algo o incomodava. O que seria? Acho que era porque aquele bando de gente deu tudo muito fácil, tudo de mão beijada, como ele nunca conseguira nada. E aprendera, com a vida que o que se ganha sem esforço é errado. Passou a semana com esse tormento na idéia. Inferno.

No domingo seguinte, Jocimar sentia uma coisa muito ruim por dentro. Iriam mostrar uma falsa Jocimar e um falso Afonso no Sérgio Almeida. Precisava fazer alguma coisa, não tinha outro jeito. E fez.

Pegou um ônibus. Foi até a televisão. Não o canal do programa do Sérgio Almeida, mas o canal do Programa do Jorge Santana. Programa rival, disputavam a tapa os índices do Ibope. Jocimar resolveu que iria contar tudo. O programa do Jorge Santana, com certeza, teria interesse na história. Era o certo.

Um amigo de Jocimar era maquiador no programa do Jorge Santana. Ele conseguiu entrar, falou com o pessoal da produção. Alvoroço, corre-corre, gente falando em telefones, rádios, microfones, um monte de televisões pequenas, máquinas para todos os gostos.

Quando se deu conta, Jocimar estava ao lado de Jorge Santana. Contou sua história. Jorge Santana babava de alegria,

146 | NOVELAS, ESPELHOS E UM POUCO DE CHORO

gritava. Uma televisão, no palco, mostrava o falso Afonso e a falsa Jocimar no programa do Sérgio Almeida. Telefonemas. A máquina do Ibope mostrava números cada vez maiores. Jocimar falou tudo o que pensava, que ele ganhou o concurso, contou da reunião na sala dos engravatados, que eles não quiseram mostrá-lo na televisão com Afonso.

No programa do Sérgio Almeida, uma correria. Tiraram do ar o casal de falsos Jocimar e Afonso. Jorge Santana desafiava Sérgio Almeida no ar. Os números da máquina do Ibope estavam enlouquecidos. Telefonemas para o programa do Jorge dados pela produção do Sérgio. Conversas ao vivo no ar. Que babado, pensou Jocimar. Mas era o que tinha de ser feito.

A equipe do programa do Jorge propôs que Jocimar fosse, com eles, até o auditório do programa do Sérgio, tudo transmitido ao vivo. Não deu tempo de chegarem, o programa do Sérgio terminou antes, pois iria passar um jogo de futebol. Mas, o caminho de Jocimar pela cidade, a chegada na portaria da emissora, os seguranças impedindo Jocimar de entrar na emissora, tudo foi mostrado, ao vivo. Um sucesso. Vitória de Jorge Santana.

Jocimar chegou em casa, ainda meio atordoado. Afonso brigou feio com ele, se pegaram de tapa e Afonso foi embora de casa. Jocimar, desconsolado, estapeado, no chão, chorava baixinho, mas sabia que não poderia ter feito outra coisa. O telefone tocava sem parar, mas Jocimar não atendia. Afonso foi embora, acabou o casamento.

Jocimar foi contratado pela emissora de televisão que exibia o programa do Sérgio Almeida. A emissora do Jorge Santana propôs pagar uma fortuna por mês, dinheiro que Jocimar nunca imaginou juntar durante toda a vida. Mas a emissora do programa do Sérgio Almeida ainda propôs mais.

Jocimar teria um programa só dele, um tal de talquixou. Só precisaria fazer perguntas para pessoas, mas as perguntas seriam sopradas no seu ouvido por um aparelhinho. E iria ganhar muito dinheiro para fazer isso. Seria rico. Quem sabe, assim, Afonso voltaria para ele. E eles poderiam, finalmente, viajar para Fortaleza, de avião.

FINAL

Rubens Rewald

Não, eu não quero. Vai você. Eu prefiro ficar por aqui mesmo...

    câmara dos deputados plenário documentário segunda guerra bombardeio leningrado programa auditório loira fala sitcom taxi nova iorque legendas multidão missa

Não tenho vontade. Tô com um pouco de dor de cabeça...

    fiéis logotipo comercial estrela mercedes vôlei de praia tempo nublado filme preto e branco loira fala tiro grito de horror

Não é nada, não. É só a TV que tá ligada...

    policiais carro preto corrida maluca cachorro ri público aplaude talk show cenário verde terno cinza telecurso química laboratório líquido violeta meteorologia loira fala ásia guerra civil morto rock documentário doors janela

Já acordei com a cabeça meio pesada e foi piorando. Até pensei que era fome, comi alguma coisa, mas não melhorou nada. Ao contrário...

prédio de pastilhas amarelas guarita orelhão ponto de táxi gol branco fiat branco prédio branco cinzento

Não. Não tomei nada. Só tem aspirina aqui em casa, e não adianta. Me deixa todo mole, com sono, mas a dor continua. Deixa. Uma hora ela passa...

poste fios muro pichado casa demolida placa de construtora antena de tv casas geminadas portão vermelho vizinhas morena fala quintal varal escola municipal de primeiro grau quadra de futebol
tv

Que horas é o filme...

show los angeles ambulância sirene bunda cena de sexo japonês fala telejornal bolsa tóquio

De repente me dá na telha e eu vou lá, te encontrar. Só não quero marcar nada. Vamos ver o que acontece...

tribunal promotor crime seriado comercial partido político iogurte shampoo chocolate novela sala de jantar empregada loiro fala beijo clip rio morro tiroteio copacabana futebol

Então depois a gente se fala. Um beijão...

panorâmica do estádio lotado vinte e cinco câmeras repórter no gramado escalação narrador fala comentarista pondera os números retrospecto dos times gols defesas como eles chegaram a essa final

Não, eu não tô com pressa...

times entram em campo festa da torcida bandeiras papel
picado entrevistas promessa de empenho busca da vitória

Deixa que eu te ligo mais tarde...

repórter no restaurante da moda técnico fuma um cigarro
sorteio do juiz campo ou bola goleiro beija a trave vento
forte nervosismo apita o juiz começa a final
estrondo

Nossa, até eu me assustei. Mas não foi a TV, não. Acho que
foi um rojão...

beque derruba atacante torcida chia tumulto cartão amarelo falta perigosa quem vai bater

É por causa do jogo. Começou agora...

juiz autoriza barreira anda meia bate a bola vai entrando
goleiro espalma escanteio torcida vibra

É a final da Libertadores. Tá uma verdadeira guerra...

valdir peres nelsinho paranhos arlindo gilberto sorriso
chicão zé carlos pedro rocha terto mirandinha piau

O jogo é lá em Santiago, no Chile. Maior pressão da torcida...

74 jogo final contra o independiente o time massacra perde
mil gols no único ataque do time argentino penalty gol
segundo tempo pressão total bola não sai da área portenha
lances inacreditáveis no finzinho do jogo ninguém mais
acredita no empate porém o milagre acontece penalty a
nosso favor festa zé carlos vai lá e cobra

É jogo de vida ou morte...
goleiro pega jogo acaba derrota dormi sonhando com o
penalty perdido tentando mudar a história

Claro que eu quero ver o jogo. Mas eu não menti não.
Minha cabeça tá doendo mesmo. Cada vez mais...
valdir peres getúlio oscar dario pereyra marinho chagas
élvio renato éverton paulo césar serginho chulapa zé sérgio

Não, não é a coisa mais importante do mundo, mas eu
adoro futebol, fazer o quê? Se fosse qualquer jogo eu já assistiria, imagina então uma final com meu time. Eu não ia perder
de jeito nenhum. Você sabe disso...
81 final brasileirão adversário grêmio barbada todos já
comemoravam combinei de ir ao jogo com meu amigo
takashi mas na última hora afinei não fui ao estádio aban-
donei takashi à própria sorte preferi ficar em casa ouvir pelo
rádio foi melhor assim não presenciei o naufrágio

Você poderia vir aqui em casa assistir comigo...
em meio à tristeza da derrota pensei em takashi sozinho no
estádio vazio todos torcedores haviam ido embora menos
ele solitário silencioso sem ninguém para compartilhar o
vazio da derrota

Depois do jogo a gente pode sair, comer algo...
só agora tantos anos depois daquela final percebia como
fui covarde egoísta

Sabe de uma coisa ? Você tá certa...
quê

FINAL | 153

Coberta de razão...
do que você está falando

De mim. Eu sou um puta de um egoísta. Sempre fui...
por que isso agora

Porque sim. De repente ficou claro. Eu só faço o que eu quero e foda-se o resto. É o que você sempre fala, não é...
não vem com essa crisesinha de consciência que você não me engana mais

Mas eu não tô querendo te enganar. Tô sendo sincero...
sei e o que você quer que eu faça

Não quero que você faça nada. Não tem mesmo nada pra fazer. Só quero te pedir desculpas. Fui um idiota esse tempo todo...
eu estou emocionada com a tua sinceridade é realmente tocante

Pára com isso! Tô falando sério...
eu também estou falando sério essa tua ceninha é pavorosa vem dar uma de arrependido pra livrar a tua cara não senhor não quero mais ouvir isso é muito fácil você chega e fala olha foi mal desculpa aí e tudo bem como se fosse a coisa mais natural do mundo é ridículo nunca mais peça desculpas pra mim ouviu bem nunca mais

Tá bom, não fica assim. Não foi nada premeditado. É que veio isso na minha cabeça e eu achei que ia ser bom falar. Mas tudo bem, não vou insistir. Esquece...

entrevista com a namorada do craque loira fala jingle do patrocinador sorteio de automóvel lance de perigo replay câmera exclusiva narrador solta o verbo

Não sei o que é pior. Globo ou Bandeirantes. Eu botei na Band, porque o Galvão Bueno é insuportável, mas o Luciano do Valle é um horror também. É um castigo essa falta de opção...
assiste sem som

É que eu gosto de ouvir o barulho da torcida. Dá mais emoção...
imagem preta

Ué, que será que aconteceu...
imagem preta

Estranho...
o que foi

A Globo acabou...
quê

Eu botei na Globo e não tem nada, só uma imagem preta...
deve ter saído fora do ar

Não, daí teria chuvisco...
algum problema técnico então

Imagina ! Em plena final da Libertadores. Nunca...
como é essa imagem preta

Constante e silenciosa. Nada acontece...
pode ser luto pela morte de alguém

Quem...
o roberto marinho

Ele morreu...
que eu saiba não

Quer saber. Eu ainda fico com a minha primeira impressão. A Globo acabou...
hoje você só está falando besteira você fumou

Besteira nada. Em algum momento da vida a Globo tinha que acabar. Nenhum império dura pra sempre. Nenhum. Por mais poderoso que seja...
final feliz o astro o primeiro amor locomotivas ti-ti-ti o feijão e o sonho a sucessora senhora vale tudo a corrida do ouro carinhoso casarão o bem-amado cuca legal roda de fogo escalada selva de pedra pai herói brilhante guerra dos sexos dancyn' days saramandaia cabocla nina semideus bravo bebê a bordo gabriela roque santeiro pecado capital anjo mau escrava isaura dono do mundo próxima vítima

Finalmente chegou a hora da Globo. E é um ótimo momento pra ela se retirar de maneira digna, sair por cima, antes da decadência. Ela já fez a sua parte. Agora tem que vir alguma coisa nova, diferente...
a imagem preta continua

156 | NOVELAS, ESPELHOS E UM POUCO DE CHORO

Imutável. Nenhum sinal de vida. Eu tô te falando. A Globo acabou e não avisou ninguém...

faz de conta que esse teu delírio seja verdade que a globo tenha acabado mesmo o que você acha que ia acontecer

Não sei. Muita coisa...

o quê

Uma puta mudança de hábitos. De cara as pessoas vão ter que reinventar as suas vidas. Por exemplo, entre as sete e as dez da noite, vão ter que descobrir outras coisas pra fazer. O cotidiano vai ser rompido drasticamente. O relógio biológico do país vai ser alterado depois de décadas. Imagina só, não ter a novela, o Jornal Nacional, o Fantástico. As pessoas vão ter que falar de outras coisas, outros assuntos. Tudo vai mudar...

que nada ia tudo continuar igual como sempre o mesmo marasmo o mesmo tédio só que em outro canal

Isso é o que a gente vai ver a partir de hoje...

hoje

O primeiro dia sem Globo...

logo logo a imagem volta e termina essa tua fantasia

Fantasia por quê? Mais cedo ou mais tarde tudo acaba, não acaba? Por que só com a Globo ia ser diferente...

tupi excelsior manchete cruzeiro realidade notícias populares panair pan am comodoro jamor majestik metrópole matarazzo mappin mesbla sears ducal delfim haspa comind nacional noroeste viagens de trem rffsa urss lp beatles paixão namoro casamento

E se a gente saísse pra conversar um pouco...
    e o teu jogo de vida ou morte

Foda-se o jogo. Eu acho que a gente tem que conversar...
    pra quê

Tentar se entender. A gente não pode é continuar assim, nesse chove não molha...
    e o que que vai mudar se a gente conversar a gente já conversou mil vezes não adianta

Mas hoje vai ser diferente...
    o que tem de tão diferente hoje

Eu...
    você

Isso mesmo. Eu...
    você é a coisa menos diferente que eu conheço é sempre igual não muda

Eu sei, mas hoje tô me sentindo bem, aberto, disposto a ir fundo...
    e a dor de cabeça

Passou...
    eu nunca sei quando você mente ou fala a verdade virou a mesma coisa por que você simplesmente não me diz quero ver o jogo mas não faz toda uma história uma armação dor de cabeça fim da globo e mente cada vez mais você é a pessoa menos confiável que eu conheço

NOVELAS, ESPELHOS E UM POUCO DE CHORO

O Takashi me falou a mesma coisa...
takashi

Um amigo do ginásio...
e você já teve amigos algum dia

Acho que sim. Poucos...
escreve isso você vai ficar completamente sozinho é o que
você mais quer daí vai poder assistir a todos os seus jogos
e ninguém mais vai te encher te atrapalhar

Não é bem assim...
lógico que é sempre foi pra você eu era um trambolho um
peso na tua vida você quis se livrar de mim a todo custo
pronto você conseguiu aposto que ficou satisfeito aliviado

Você que pensa. Eu sinto falta de você. Bastante...
jantares na madrugada uma massa uma sopa um peixe cru
um cinema à tarde no meio da semana um dia inteiro de
chuva no apartamento sexo no sofá o sol entrando pela
janela um simples carinho no pescoço a cama quente
mesmo no dia mais frio o sorriso doce a vida conjunta o
prazer de vê-la acordar aos poucos o prazer de vê-la colocar
aquela velha malha que não usava há tempos o projeto do
filho

Não sei, talvez a gente pudesse tentar...
tentar o quê

Tentar, caramba! Você tá me entendendo, eu sei que tá...
não eu não estou te entendendo

Olha, eu acho que a gente podia tentar voltar a ficar junto. Lógico, muita coisa aconteceu, mas, sei lá, não tem muita explicação, eu só acho que a gente devia tentar de novo. Você não acha...

silêncio

Fala. O que você acha...

ela nunca foi de falar muito não precisava o olhar expressivo o sorriso espontâneo já diziam tudo ela só usava cores leves uma calça cor de pêssego uma camiseta lilás o cabelo solto preto bem preto a boca deliciosa que beijava e conversava cinema sentimentos histórias livros vida pessoas nós o tempo sempre parava suspenso uma vez logo no início fui ao conjunto nacional de surpresa encontrá-la depois de sua aula de francês ela levou um susto enorme não esperava me ver depois riu e me abraçou feliz o abraço durou uma eternidade nenhum dos dois queria se soltar

nunca mais

Eu sei que eu fiz muita merda, fudi com tudo, mas sei lá, a gente não consegue se desvencilhar, se afastar. Um tá ligado ao outro; um precisa do outro. O melhor mesmo é a gente ficar junto; recomeçar do zero, só que de uma maneira diferente, mais tolerante, mais amorosa, mais...

pára por favor chega é melhor a gente acabar isso de uma vez por todas a gente não consegue mais sair desse movimento desse vai-e-vem uma hora a coisa existe no minuto seguinte não existe mais isso não é vida é morte não vale a pena eu só queria te pedir um favor não me procura mais nunca mais promete

NOVELAS, ESPELHOS E UM POUCO DE CHORO

Mas você não tá me entendendo. As coisas estão mais claras agora. Eu decidi...

não sou eu é você que tem que entender chega dessa tortura dessa coisa arrastada eternamente terminal eu sou jovem eu quero amar muito mas muito mesmo e você nunca vai me dar isso você só vai me amar enquanto for conveniente pra você então é melhor que termine aqui mesmo sem despedida sem uma última conversa sem mais nada tudo já foi dito já foi feito não adianta não quero mais te ver te ouvir chega esquece que eu existo que eu já existi que a gente existiu isso nunca aconteceu e nunca vai acontecer a coisa acaba aqui

agora

EPÍLOGO

REPRISE

Maria Helena Alvim

Começou pela identidade. Depois foi a carteira de trabalho, um único registro. Talão de cheque, cartão de crédito, plano de saúde: uma coisa por vez. Juntou ao fogo também às certidões. A casa se encheu do cheiro de papel e plástico.

Seguiu pelos sapatos. Queimou um pé. Depois o outro. As meias foram logo em seguida. Tirou também a calça. Conferiu os bolsos – uma bala, um clips, um telefone anotado num papel. Tudo foi para a mesma fogueira, cada peça de roupa, o relógio, os óculos, a correntinha, o extrato do banco, até ficar completamente nu. Olhou-se no espelho: nenhuma tatuagem, nenhuma marca diferente, nenhuma cicatriz significativa. Um rosto absolutamente comum.

Resolveu desfazer-se também dos pêlos. Depilou o peito, as pernas, o baixo ventre. Emplastrou o cabelo com creme de barbear e deslizou a gilete com cuidado de um lado a outro do couro cabeludo. A lâmina mastigou uma ou duas vezes. Estranhou-se. Não entendia porque também aquilo, mas foi até o fim. Olhou-se novamente no espelho. Tinha voltado ao estado original, anterior a qualquer coisa. Compreendeu.

E foi assim que procurou a primeira garrafa, pelo instinto, como se chega a primeira vez ao peito. E a segunda como a uma luz acesa. Na terceira, o fogo eram suas veias. A casa estava em chamas.

Saiu à rua como estava. Riram muito. Ganhou tapinhas nas costas. Uma capa de Batman, um turbante, uma saia de havaiana. Mais uma garrafa. Passou despercebido. Era carnaval.

Rodou os quatro dias assim. Foi parar nos quintos. Se perdeu. Se esqueceu pra sempre.

Um dia parou em frente a uma televisão. Assistiu o programa até o fim. Riu.

Era reprise.

Sobre os Autores

Alessandro Marson gostaria de ser cantor em bares noturnos. Como o grande público não compreende seu estilo inovador de interpretar e acha que ele não tem um mínimo sequer de afinação, foi trabalhar como bancário, repórter, ator, professor, garçom e mais um monte de coisas. Começou a escrever ficção em 1997, enquanto cursava a Oficina da Rede Globo. Em 1998 era roteirista do programa infantil *Cocoricó* da TV Cultura. Em 2000 fez a Oficina de Humor da TV Globo e atualmente trabalha na emissora carioca.

E-mail: aimarson@uol.com.br

Claudio Barbuto – entre outras, é roteirista (atualmente trabalha para a Rede Globo, onde já escreveu para Renato Aragão e Chico Anísyo), jornalista, dirigiu o curta-metragem *O Outro*, estudou no Centro Sperimentale Televisivo em Roma, cria conteúdos para a Internet e cozinha. Filmes,

uma *dolce vita*, um prato de *spaghetti alle vongole*, um *pinot grigio*, caminhar pelas cidades desse mundo e um tempo em Roma ou Taormina fazem o garoto bastante feliz.
E-mail: cbarbuto@unisys.com.br

DORA CASTELLAR escreve, produz e edita programas de TV, sobretudo documentários e séries educativas. Entre os últimos projetos em que trabalhou estão duas séries apresentadas pela TV Cultura de São Paulo: *O Século das Mulheres no Brasil* e *Painel da Arte Contemporânea Brasileira*. Depois da Oficina da Globo, ganhou uma certa ousadia e acabou se aventurando no teatro, escrevendo *Norma*, e no cinema, com o roteiro para curta *Tem um Morto no Meu Carro*. E, ousadia por ousadia, acabou até escrevendo seus primeiros contos. Que aí estão.
E-mail: dorack@intercall.com.br

LÚCIO MANFREDI é escritor, roteirista e futuro marido da Gio. Não fosse tudo isso trabalho suficiente, ainda edita a revista de literatura *Metaxy* e aproveita o espaço pra fazer propaganda: a revista é gratuita, vem por email e quem quiser receber é só escrever pra metaxy.uol.com.br. Pronto, fiz meu comercial.
E-mail: luciojpm@uol.com.br

MARIA HELENA ALVIM nasceu em Brasília, mas começou escrevendo, atuando e dirigindo peças na escola, em Juiz de Fora, MG. Já em São Paulo, estava no segundo ano da faculdade de Publicidade e Propaganda, na ECA-USP, quando foi selecionada para a VII Oficina de Autor e Roteirista da Globo. Foi roteirista do programa infantil

SOBRE OS AUTORES | 167

Zuzubalândia, na Rede TV!. Hoje escreve e cria conteúdo para sites na Internet.
E-mail: mhelena@mail.com

PATRICIA CASTILHO adora cinema, livros e seriados de TV. Da geração carpete, a tv começou a entrar em sua vida com o *Homem Aranha*, o *Batman*, *Thunderbird*, *Globinho* e continuou com *As Panteras* e o *Homem de 6 Milhões de Dólares*. *Kojak* e as sessões de *Bang Bang à Italiana* a deixavam acordada à noite. A verdade é que ela adora histórias. Acabou transformando este fascínio da infância em trabalho. Criou filmes, vídeos, programas de tv e roteiros. E agora, contos. O encantamento continua...
E-mail: patcastilho@sti.com.br

PAULO CURSINO tem 31 anos, nasceu em Taubaté, cresceu em São José dos Campos, formou-se publicitário em São Paulo, e hoje trabalha como roteirista da Globo no Rio de Janeiro. Foi colaborador da novela *Vila Madalena*, roteirizou o filme *O Trapalhão e a Luz Azul* de Renato Aragão, e hoje é redator final do programa *A Turma do Didi*. Em 2001, antes que mude de cidade de novo, ele pretende lançar seu primeiro livro de contos e estrear sua primeira peça, *Os Duelistas*, ambos em fase de finalização.
E-mail: pcursino@uninet.com.br

RENATO MODESTO nasceu em São Paulo, capital, no dia 15 de agosto de 1967. É autor-roteirista da Rede Globo de Televisão desde 1998 e exerce a função de leitor crítico dos projetos de outros autores da empresa. Como dramaturgo, escreveu as comédias *É o Fim do Mundo!* (primeiro lugar no Concurso

168 | NOVELAS, ESPELHOS E UM POUCO DE CHORO

de Dramaturgia do SESI-SP, em 1985), *O Martelo* (produzida em 1998, com Ney Latorraca) e *Mocambo* (em fase de produção). Também é professor de Análise e Interpretação do Texto Teatral e ator de teatro e TV desde 1984 (Prêmio APCA-1987 pela atuação na peça *O Lobo de Ray-ban*, de Renato Borghi). Atualmente, prepara sua primeira seleção individual de contos: o livro *Mescalina Sete*.
E-mail: renato.modesto@uol.com.br

RENÊ BELMONTE tem 30 anos, embora isso vá depender de quando você comprou o livro. Estudou Propaganda na ESPM e agora vai lá pra dar aula de roteiro. Garante faltar menos. Escreveu com Aimar Labaki o seriado República, para a TV Cultura, e tem pelo menos outros quatro projetos de seriados na gaveta – junto com projetos para teatro, cinema, literatura, internet, história em quadrinhos e livros de autoajuda (nunca se sabe). Além disso, faz parte da diretoria da ARTV, a recém-fundada Associação dos Roteiristas, arruma o computador dos amigos, faz assistência de direção em uma peça e ainda assiste um bocado de TV com a desculpa de que faz parte de seu trabalho. Virou roteirista pra ter certeza de que alguém leria o que escreve: os atores.
E-mail: renebelmonte@uol.com.br (mas não arruma mais o computador de ninguém :-))

ROSANI MADEIRA trabalha há vinte e um anos na área da televisão, especializando-se em roteiro e direção de documentários, entre eles, a série *O Século das Mulheres no Brasil* e outros para a STV (Sesc/Senac). Começou na TV Cultura, passou pela Record, Band, produtoras independentes e hoje está de volta à emissora educativa paulista, no programa

Metrópolis. Em 97, foi selecionada e cursou a Oficina de Teledramaturgia da Rede Globo. Em 99, participou do III Laboratório Sundance, realizado em São Paulo, com o roteiro de cinema *É Hoje.*
E-mail: romadeira@uol.com.br

RUBENS REWALD é doutorando em dramaturgia pela ECA/USP. Começou no cinema, com os curtas *Cânticos* (roteiro e direção) em 91 e *Pedalar* (roteiro) em 93. Diziam, porém, que seus roteiros pareciam mais peças de teatro e lá foi ele, escrevendo as peças *O Rei de Copas* (Prêmio APCA 95), *Narraador* (96), *A Banda* (Prêmio APETESP 96), *Do Gabinete de Joana* (97), *Autorama* (99) e *Ante-Câmara* (2000), as quais foram encenadas no Centro Cultural São Paulo, Sérgio Cardoso e João Caetano, entre outros teatros. Dizem, porém, que suas peças parecem mais roteiros de cinema. Paciência...
E-mail: rrewald@hotmail.com

THELMA GUEDES é escritora desde os oito anos de idade, quando leu as memórias de uma boneca de pano e começou escrever as suas – ainda que nessa idade tivesse bem poucas coisas para lembrar. Hoje já tem muito boas lembranças. E, como escritora, as melhores são, sem dúvida: a publicação do livro de contos *Cidadela Ardente*, em 1997, pela Ateliê; a oficina de roteiristas e o ingresso na Rede Globo no mesmo ano; o mestrado sobre a Pagu em 98; a primeira colaboração numa novela, a *Vila Madalena*, de Walther Negrão, em 99, e agora a publicação deste livro, ao lado de amigos tão talentosos.
E-mail: tguedes@unisys.com. br

Título	Novelas, Espelhos e um Pouco de Choro
Autores	Alessandro Marson, Claudio Barbuto, Dora Castellar, Lúcio Manfredi, Maria Helena Alvim, Patricia Castilho, Paulo Cursino, Renato Modesto, Renê Belmonte, Rosani Madeira, Rubens Rewald, Thelma Guedes
Prefácio	Gilberto Braga
Projeto Gráfico e Capa	Ricardo Assis
Editoração Eletrônica	Ricardo Assis Aline E. Sato Amanda E. de Almeida
Administração Editorial	Valéria Cristina Martins
Divulgação	Paul Gonzalez
Formato	14 x 21 cm
Papel de Capa	Cartão Supremo 250 g/m^2
Papel de Miolo	Pólen Soft 80 g/m^2
Número de Páginas	176
Fotolito	Binhos
Impressão	Lis Gráfica